我輩は猫魔導師である

～キジトラ・ルークの快適チート猫生活～

1

猫神信仰研究会

nekogami sinkou kenkyuukai

ill ハム

CONTENTS

1　猫が生まれた日

我輩は猫である。

名前は根来海人《ねごろかいと》。かつては人間であった。

——いや、日本文学史に残る名作ごっこをしている場合ではない。

もう今更お約束だろうから、「あ、この展開か」と納得してしまった自分の順応性《じゅんのうせい》をちょっとだけ褒めたいが、それはさておき俺は一回死んだ。たぶん死んだ。人間の身体は推定時速150キロを超えるスピード違反車の直撃に耐えられるようにはできていない。

跳ね飛ばされて二転三転した末にどっかの橋から川へダイブして流されたような気はするが、意識があったのはそこまでで、気がつくと俺は真っ白い空間にいた。

猫の姿で。

「……キジトラ……？」

自らの毛並みを確認し、しばし戸惑う。

じっと見た手のひらにはピンクの肉球。

鋭い爪も、にょっきりと自在に出し入れできた。わぁ、新感覚。

身体に痛みはない。

たぶんここは、「死後の世界」とかそんな感じの場所だろう。

正直、そんなもの欠片《かけら》も信じていなかったというか、むしろ「死後の世界とかあるわけねぇｗｗ」と根拠もなく確信していたのだが、いざ我が身に降りかかってしまうと、なんというか、こう……そこはかとない敗北感に打ちのめされる。

「……そっかー……あったかぁ、死後の世界……」

どうして猫の姿なのかはともかく、もはや認めざるを得ない。

そういえば確か仏教の界隈《かいわい》には「畜生道《ちくしょうどう》」なんて概念があり、生前にいろいろやらかした人は獣に生まれ変わって苦労するとかなんとか……


『あ、それとは違います。えっと、今回のは単純に、こちらの都合《つごう》というか、ただの仕様《しよう》なので』


声がした。

割と可愛らしい感じの、やたらと明るい女性の声だ。

「え。どちらさま？」

『またまたー。だいたいわかってるくせに。貴方のご想像通りのアレですよ』

「……四年前に亡くなった婆ちゃんの若い頃？」

『そういうめんどくさいボケ、嫌いなんですよね……』

今のはどうかと自分でも思う。

これ以上はご機嫌《きげん》を損ねないように、俺は正しい（はずの）答えを口にする。

「すみませんでした。もしかして、超越者《ちょうえつしゃ》……とか、神様とか、そんな感じの御方ですか？」

『それそれ。そこそこ礼儀を弁《わきま》えているその感じ、高ポイントです。オマケで5点追加しちゃいましょう』

「恐縮《きょうしゅく》です」

そのポイントが何の意味を持つのか、さっぱりわからないなりに話を合わせる。空気速読《くうきそくどく》は社会人なら概《おおむ》ね使える便利スキルである。

今はもう猫だけど。

「で、この状況について……差し支えなければ、詳しい事情をおうかがいしても……？」

『まあ、気になりますよね。ええと……お察しの通りのアレです。運命の悪戯《いたずら》とか突発的なミスとか、そういう感じの』

「はぁ……つまり俺は、死ぬ予定ではなかったのに死んじゃった——ってことですか？」

声の主が、ちょっとだけ困ったように口をつぐんだ。

『ええとですねぇ……人間ごときの生き死にに関しては、予定とか別にないんで割とどうでもいいんですが——根来さん、車にひかれそうになっていた猫を、助けちゃいましたよね？』

――思い出した。

深夜、慣れない酒に酔っ払って千鳥足《ちどりあし》で歩いていた俺は、車道に一匹の猫を見つけて……

あとはお決まりのパターンだ。

酔ってなければたぶん見捨ててた。

『……本当はですね。今回はその猫さんがスピード違反の車にひかれて転生するはずだったんですけれど……根来さんが代わりに死んじゃったものですから、その猫さん用の転生枠が空いちゃったんですよね。で、うちの上司は『余計なことしやがって』って怒ってるんですけど、猫を大事に思う心がけだけは、まぁ少しは見どころがあるんじゃないか、みたいな意見も現場から出まして――』

「……現場……？　あ、いや、ちょっと待った。待ってください。確認なんですけど、猫用の転生枠？　え？　人間の生き死にには何の予定もないのに、猫は転生枠あるんですか？」

超越者さんが、実に大袈裟な溜め息を吐いた。

『当たり前じゃないですか。人間ごとき下等生物のために、わざわざ転生枠なんか用意するわけないでしょう。いったい何様だと思ってるんです？』

「えぇ…………あ、あの、『人間ごとき』っていう部分は、まぁ、超越者さんサイドから見たらそりゃそうだろうなぁ、ってことで納得できるんですが、猫を特別扱いされている理由がどうも……いえ、俺も猫は好きですけれど、超越者さん達にとって、猫ってどういう存在なのかなぁ、という疑問が――

――？」

『そんなくだらない疑問は放っておいてください。私も忙しいので、要点だけ手短に――貴方はこれから、猫の姿で異世界に転生できます。が、これは義務ではなくて権利ですので、放棄《ほうき》して別の方へ回すこともできます。その場合、貴方の精神は虚無《きょむ》に飲まれてただ消えるだけなんですが、どっちがいいですか？』

こんなん、選択の余地がない！


「もちろん転生のほうがいいです！」

『ですよね。一応、規則なので聞いてみただけです。根来さんがこれから向かう先は、文明レベルこそ低めですが、魔法が使えて、猫もそこそこ可愛がられているちゃんとした世界ですので、まぁ大丈夫でしょう。ついでにさっきのオマケの5点が運命点に加算されたので、計8点。8点保有とかチートですよ、チート。言語能力、魔法能力、肉体強化、強運に各種耐性まで獲得してもお釣りがきます。転生枠特典も付加されて、きっとすごい功績を残せるでしょう』

……猫ですよね？　猫の功績って何？　子猫がたくさん生まれるとか？

つか、加点前はもしかして3点？　あれ？　さっきの加点で何か良さげなスキルが倍以上になったって話？


そんな俺の疑問は一つも解けないまま、さっそく意識が遠のき始めた。

白い空間がぼんやりと星の海へ変わり始め、どこか遠くから超越者さんの声だけが聞こえてくる。

『……それではさようなら、根来さん。猫としての来世を、ぜひ楽しんでくださ……あ、室長。はい？　ああ、たった今、送ったとこですけど……え？　いや、知らないですよそんなの。冷蔵庫のマタタビプリンなんて食べてな……え？　なくなったのがマタタビプリンだとはまだ言ってない？……………は、謀《はか》ったな、この室長！　ちくしょう大人は卑怯だ！』

……………楽しそうな職場だな、とは思った。

超越者さんの職場環境を若干《じゃっかん》うらやましく思いながら、俺の意識はどこか深くへ落ちていき――

やがて唐突に、まばゆい光が目の前を覆った。

――かくして俺は、ほぼテンプレ通りに、めでたく異世界へと転生した。

猫の姿で。

2　猫も歩けば精霊さんに出会う

猫の姿で。

猫の姿で！

大事なことなので強調しておいた。

転生直後。

俺は――根来海人《ねごろかいと》は、人里離れた山奥で途方《とほう》に暮れていた。

何はともあれ。

放り出された。

これといった追加の説明もなく。

子猫ですらない成猫《せいびょう》の姿で。

……唐突に！　一匹で！　しかも素っ裸！

「……まぁ、猫だしな……」

素っ裸は仕方ないかもしれない。むしろ服を着ていたら、それはそれで反応に困る。

改めて観察した自分の身体は、なんというか――

毛深い。もっふもふである。

当たり前だが、全身が毛に覆われている。

ついでに立ち上がってみる。

……四足歩行より二足歩行のほうが楽だ。

おかしい。何かがおかしい。骨格どうなってんのコレ？　あとなんか手足短くない？

視界にうつる木々の緑は清く鮮やかで、青空は抜けるように青く、少し離れた場所には見たことのない真っ赤な花がたくさん咲いていた。

猫の視覚は赤系統の色を把握《はあく》しにくく、遠くのものが見えにくい――なんて話を、テレビの動物番組で見たことがある。

が、少なくとも今のところ、世界は別に色あせていないし、景色もいたって明瞭《めいりょう》だった。

地球の猫と異世界の猫とでは性質が違うのか、はたまたこれも転生特典の一種なのか、あるいは——

「……人間の時の感覚が、そのまま受け継がれてるっぽいな……」

少なくとも思考能力は変わっておらず、脳が小さくなった影響も特に感じられない。

なるほど、チートである。

——『猫』としては。


「……まじか。ここから裸一貫、野生からやり直せ、と……？」

思わず肉球で目元を覆った。

——そう。俺は一応、現代日本出身の文明人である。

別に都会育ちではないが、地方都市の住宅地でごく平均的な……むしろ平均よりちょっと下気味の日本人として育ったため、サバイバル技術なども当然持っていない。

キャンプにすら行ったことがなく、もちろんここには道具も何もない。

懐中電灯、ナイフ、ライター、釣り竿、スマホ——

一切ない。

……………あれ？　もしかして、いきなり詰みかけてない？

なんだかんだで転生はした。

しかし猫の姿。

しかも異世界。

山奥で周囲に人影はなく、地理も環境もよくわからない。

熊とか狼とか、下手をすれば魔獣とかもいそうだし、自分の餌《えさ》の確保すら難しい。

そもそも野生の猫って何を食うんだ？

ネズミ？　セミ？　カブトムシ？　鳥なんて滅多に狩れないだろうけど、狩れたとしても生？

無理である。

つい数時間前（推定）まで呑気に酔っ払ってふらふらしていた一介のサラリーマンに、いきなり生の昆虫食はレベルが高すぎる。

——よし、優先順位を決めよう。

まずは餌……いや、安全な寝床……ちょっと待て、俺はこんな山奥で暮らす気か？

とにかく人里、せめて街道とかを目指すべきじゃないのか？

——うむ。移動だ。

「山中で迷ったら動くな」

なんて常識は、「いずれ助けが来る」場合にのみ取れる選択肢だ。

ここは異世界で俺は猫、誰も助けになんか来るわけがない。

考えてみれば、そもそもこの世界に人類がいるかどうかすら怪しい。

そうなると人里もないわけだが、とりあえず意思疎通《いしそつう》のできる知的生命体さえいてくれれば希望はある。

（しかし、移動……移動かぁ……）

猫の足で、すたすたと少し歩いてみる。

完全に山の中なので道はないが、荷物も一切ないため、そこそこ快適に素早く進める。

が、いかんせん一歩の歩幅が小さい。

ぶっちゃけ遅い。

走れば速そうだが、疲れるし、何よりどこまで進めばいいのかもわからない。ここは慎重にいくべきだろう。

（……そういや超越者さん、『魔法能力』がどうとか言ってたな……空飛べたり、ワープできたりしないかな……）

試してみたいのは山々だが、試し方すらわからない。

とりあえず手（前足）を前に出して、「炎よ、でろー」的な念を送ってはみたが、しかし何も起きなかった。

——うん。知ってた。そんなにうまくいくわけないって、あたい知ってた。

転生特典とやらが実際に付与されているのかどうか、確認の仕方、その使い方……何もかもがわからない。あるいは全部が超越者ジョークだった可能性すらある。

ちょっとだけ精神集中してみたりポーズを決めてみたり、いろいろやってはみた。

無駄だった。

……見回せど見回せど、なお我が所在《しょざい》いずことも知れず。

ぢっと手を見る。にくきう。


落ち込んで、木の幹にごすごすと頭をぶつけていると――

『……そこの猫さん。こんな山の中で何してるの？　それ、楽しい？』

木の上から、からかうような声が聞こえた。

振り仰ぐと妖精さん。

………………妖精さん⁉

妖精さんである。

小さな美少女で、トンボみたいな羽が生えてて、微妙に身体が透けている、あの有名な妖精さんである。

「わぁお」

思わず感嘆《かんたん》の声が漏れた。

異世界、ここは異世界！　やっぱり南アルプスの山中とかではなかった。何やら感動してしまう。

俺の反応を見て、妖精さんがわずかに顔をしかめた。

『……ん？　……猫？　貴方、本当に猫さん？』

「あ、はい。わけあって今は猫の姿になっていますが、別の世界からお邪魔した元人間です」

綺麗な妖精さん相手に嘘をつく気にはなれず、俺は正直に応じた。

変人扱いされたところで、相手は妖精さんである。つまりご褒美《ほうび》である。

そして今更のように気づいたが、言葉が通じる。

喋っている言葉はなんか日本語ではないようなのだが、そこそこ自然に言葉が出てくる。これはいわゆる転生特典と判断して良いのかもしれない。超越者さん、一応仕事してた。

妖精さんはますます顔をしかめてしまった。

『ええー……いや、ちょっと待って。普通の猫さんじゃないことは理解したわ。立って歩いてるし、喋ってるし……で、別の世界ってどこ？』

「……どこと言われても……日本っていう国なんですが」

妖精さんが笑った。

『あ、知ってる。マルムストの近くでしょ？　リズール山脈の向こう側よね？』

……たぶんそれは俺の知っているニホンではない。オーストラリアとオーストリアくらい違いそうな気がする。

『ずいぶん遠くから来たのねー。あっちじゃ人間が猫になるのが流行《はや》ってるの？』

「いえ。たぶんそのニホンじゃないです。あと、俺はこっちの世界に来たばかりなんで詳しくないんですが、そういう流行《りゅうこう》も特にないと思います」

『そっか。で、こんな山の中で何してるの？』

妖精さん的には割とどうでもいいことだったらしく、あっさり流された。

あと人間もちゃんといるっぽい。よかった。

「異世界から飛ばされてきたら、いきなりココにいまして……これからどこへ行ったらいいのかと、途方に暮れていたところです……」

『へぇー。じゃ、気をつけてね。ここ、落星熊《メテオベアー》の縄張りだから、夜になると危ないよ』

暗くなる前におうちへ帰るのよ、くらいの軽さでヤバそうな情報をぶっこみつつ、妖精さんはそのまま何処かへ飛び去ろうとした。

俺は慌てて上空の彼女に追いすがる。

「待って待って待って！　お願いします、この哀れな野良猫めに少しだけでも情報を！　助言を！　お慈悲を！　お手間はとらせませんので！」

『えぇー……まぁ、どうせ暇だからいいけど。で、何を聞きたいの？』

妖精さんの態度からは、かなり気紛《きまぐ》れな気配を感じる。大事なことを真っ先に聞いたほうが良いと察して、早々に本題に入った。

「こ、このあたりで一番近い人間の集落って、どっちの方向でしょう？　できれば距離も教えていただけると……！」

『あぁ、迷子なの？　うーん……ま、いっか。喋る猫さんとか珍しいし、少しだけ助けてあげる』

妖精さんが頭の上に降りてきた。

空気が少し揺れた程度で、重さはまったく感じない。

『最寄《もよ》りの町は、向こうに見える山を越えた先。斜面はなだらかだけど距離があるから、猫の足なら……そうね、三日か四日くらいかかるかなぁ。不眠不休なら二日でいけるかもだけど、無理でしょ？』

「無理っすね」

昔から体力には自信がない。猫形態のスタミナがどの程度なのかはわからないが、不眠不休での山歩きはさすがに自殺行為と思われる。

『で、このあたりは夜になると強い魔獣も出るから、日が暮れたら木の上に登って、夜明けまではじっとしていること。木の上なら絶対安全ってわけじゃないけど、下にいるよりは見つかりにくいから。それに一番怖い落星熊《メテオベアー》は木登りが苦手だし、群れで行動する灰頭狼《アッシュウルフ》はそもそも木に登れない。どっちも夜行性ね。他にも怖い獣はいるけど、猫さんにとって一番やばそうなのはこいつらかな』

すげぇ役立つ的確な情報！

妖精さんが神様に見えた。

「ありがとうございます！　ところで落星熊ってどんな獣なんです？」

一応、アライグマとかレッサーパンダ的なサイズ感という可能性もないわけではない。儚《はかな》い一縷《いちる》の望みではあるけれど。


……そして妖精さんは、事も無げに。

『ええとね。身長は人間の二倍から三倍くらいで、自分の体より大きな岩を遠くまで放り投げる習性があるから、『落星熊』なんて物騒な名前がついてるの。木登りが苦手なのは、力が強すぎて木が折れちゃうからなんだけど、強さは人間の騎士団があっさり壊滅しちゃったりするぐらい？』

――僥かった。本当に僥かった。

『でもまぁ、数は多くないから、目立つ真似をしなければ大丈夫よ。遭遇《そうぐう》したら諦めて。どうせ逃げられないから』

「…………ウェイ……」

パリピではない。恐怖による吐き気を堪《こら》えつつ「はい」と言おうしたらこうなった。

猫なのに鶏《チキン》とか嘆《なげ》かわしい限りだが、怖いものは怖い。クマほんと怖い。根来クマ嫌い。大熊猫《パンダ》は断じて猫ではない。

「……ありがとうございました……がんばって生き延びます……」

現実から逃避する余裕すらなく、俺は妖精さんの示した方向にとぼとぼと歩き出す。

その寂しい背中（猫背）に哀愁《あいしゅう》を察したか、妖精さんが溜息をついた。

『あー、もう……なんか不安だし、ついでに道案内してあげる。猫さん、お名前は？』

「……海人……根来海人です……」

『ネゴロカイト？　変な名前ね。呼びにくい』

「カイトでいいです……妖精さんのお名前は？」

『ん？　妖精さんって何？』

猫耳のすぐ隣を漂いながら、妖精さんが不思議そうに首を傾《かし》げた。

「え？　お姉さん、妖精さんじゃないんです？」

『違うわよー。私は風の精霊《せいれい》。名前も特にないっていうか、私らはみんな霊的につながった状態だから、個体を識別《しきべつ》する名前とかはないの。自我は基本的に一つで、てきとーに混ざったり分裂したりしながら、全ての記憶と経験を共有して……まぁ、そんな話はどーでもいいか。妖精っていうのは見たことないけど、精霊の仲間？』

「うーん……元いた世界では、伝説上っていうか想像上の存在だったので、俺も見たことはないんですが……こう、美人さんで、羽が生えてて、ちょうどお姉さんくらいの大きさで、実体がなくて……っていう話でした」

『ふむふむ。それは精霊ね。人型で羽が生えているって話なら、他にも有翼人《ゆうよくじん》とかいろいろいるけど……だいたいは人間と同じような大きさだし、小さくて精神体なら精霊で確定』

わぁい、有翼人。根来、有翼人大好き！

ファンタジー感あるよねこの単語。男キャラなら陽気で筋肉質な兄貴分か耽美《たんび》なイケメン、女キャラなら小悪魔でセクシーなお姉様か庇護《ひご》欲《よく》を誘う儚い系美少女といった感。

妖精さん改め精霊さんの存在といい、これはこの世界への希望が出てきた。熊は怖いけど。

『ちなみにこの世界で、精霊が見えて意思疎通ができるのって、強めの魔力がある人だけだからね？私とお話できる猫さんは割とレアな存在よ。さっき話しかけたのも返事は期待してなくて、暇だったから独り言のつもりだったんだけど』

おっと、これはテンション上がる情報だ。そういえば超越者さんも魔法能力がどうとか言っていた。使い方はわからんままだけど、付与《ふよ》されてはいるらしい。

「魔力かぁ。実は魔法とかにすごい憧れがあるんですが、俺でも使えたりします？」

精霊さんが首を傾げてしまった。

『どうかしら？　魔力の強さと魔法の才能って、必ずしも一致しないのよね。たとえば、格闘術や剣術の強さって筋力だけじゃ決まらないでしょ？　それと同じで、「魔力が強ければ魔法が使える」ってものでもなくて、魔力は強いのに魔法はまったく使えない、なんて人もいるのよ。もちろん世間の大半は、そもそも「魔力の有無に関係なく、魔法なんか使えない」って人達なんだけど』

ふむ。この世界で魔法が使えるのはごく少数、と――これは大事な情報と思われる。

「ほう？　そもそも魔法って、どういうふうにして使うんですか？」

『それは人間の魔導師に聞いて。精霊の使う魔法と人間の使う魔法ってまったくの別物だから、参考にならないわ』

「……でも俺、そもそも猫なんで……人間の使う魔法は、どのみち使えない可能性も……？」

精霊さんが納得顔で頷いた。

『言われてみればその通りだけど……私も、魔法の使い方とか言われてもよくわかんないのよね。私達にとっての魔法って「人間が手を使って目の前のものを掴《つか》む」ような、ごく当たり前のものだから。実体がないから、何かしようとすると全部魔法ってことになるし……いまこうして猫さんと話しているのも、私達にとってはただの会話だけど、人間側の分類では「念話《ねんわ》」っていう魔法の一種なの。だから普通の人には聞こえないわ』

まじか！　普通に耳で聞いているつもりだった。こっちの思念が精霊さんに聞こえていないっぽいのは、つまり俺が『念話』とやらを使えないからなのだろう。

「そうなると……俺が魔法を使ってみたいと思ったら、『猫だから無理』って可能性を覚悟しつつ、やっぱりどこかの魔導師さんに弟子入りするのが近道ですかね？」

『うん。だけど、喋る猫さんを弟子にするって、ちょっと変わった人じゃないと厳しいかもね……実験動物として欲しがる人は物凄く多いと思うけど』

ド正論きた……精霊さん、こんな山奥にいる割に、意外と世故《せこ》長けていらっしゃる？

「じっけんどーぶつ……それはイヤですねぇ……」

『あえて忠告するとしたら、大きい研究施設なんかには近寄らないこと。僻地《へきち》で薬師《くすし》とかしながら隠居してる魔導師を見つけて、個人的な信頼関係を築いた上で情に訴えるの。おかしな人間関係や派閥争いのある世界に踏み込むのは、まず基礎を固めてから。でないと、猫さんなんて捕まってそのまま実験動物よ』

「……ご、ご助言、心に刻みつけます……」

ていうかもう、この精霊さんに俺の保護者になってほしい――！

『じゃ、急いで移動しましょ。日が高いうちに距離を稼がないと、近くの町まで四日じゃ着かないわ』

「うぃっス。お手数おかけします」

こんな流浪の野良猫一匹に構ってくれる精霊さんには、もはや感謝しかない。

そして俺は、精霊さんからこの世界の情報を仕入れつつ、道なき山中を猫の体でたったか進んでいった。

余録1　山猫はよく眠る

親切な精霊さんに導かれ、道なき山の木立の深い斜面を三十分ほども歩いた頃。

俺は立ち止まり、来た道を振り返った。

木々に遮《さえぎ》られ、さすがにスタート地点はもうわからぬ。

が……


「……コレ、たぶんあんまり進んでないッスよね」

所詮《しょせん》は猫の足。しかも駆け足でなくて徒歩である。

しゃなりしゃなりと歩いているつもりなのだが、野生の猫さんに比べると明らかに遅い。歩幅も小さい。ガタイそのものはけっこうでかいと思うのだが、足の短さはたぶんマンチカンレベル。どうしてこうなった。

俺の耳の間にのんびり寝そべった精霊さんが、思案げに一言。

『猫なんだし、普通に四足歩行のほうが速いんじゃない？』

「そうですねぇ……ちょっと試してみます」

その提案に乗っかり、四足歩行モードに初挑戦。

するりするりと、思ったよりスムーズに歩ける。

おお、いけそう！

『……………速さはあんまり変わらないわね』

「……………そっスね」

駆け足ならともかく、歩く分には、まぁ……かといって土地鑑《とちかん》もない険しい山中で走るのはさすがに危険だし、体力面でも不安しかない。

四足のほうが確かに安定感はあるのだが、そもそも俺の足は猫としても短めなため、荒れた山中で四足歩行すると腹の毛が地面にこすれる。

あと鼻先が地面に近づくため、慣れない土の臭いがちょっとキツい。さらに視点が低いと進む先が見えにくく、痛《いた》し痒《かゆ》しである。

とはいえ、二足歩行と違って転ぶ心配はほとんどないし、重心も保ちやすいから、疲れにく……いや、普通に前足が疲れるなコレ。


というわけで、なだらかな地形では二足歩行、急斜面や荒れた土地では四足歩行という、2WDと4WDを頻繁《ひんぱん》に切り替えるよーな移動方法に落ち着いた。

この体での移動に慣れてくると、精霊さんと世間話をする程度の余裕もでてきた。

「精霊さんにとって、この世界ってどんな印象なんです？　なんかこう、『人類は愚か！』とか、『自然は脅威！』とか、そういう漠然《ばくぜん》とした感想とかってあります？」

『えー。別に……普通？　そもそも人間にはあんま興味ないからなぁ……たとえばだけど、貴方、人間だった頃に——近所にやってくる野鳥の勢力図とか、そういうの気にしたことある？』

「…………ないっスね」

『でしょ？　むしろ、精霊と人間って、野鳥と人間の関係よりもっと遠いってゆーか……肉体と精神体って時点でもう交わらないのに、私らみたいな上位精霊は精神体どころか、集合意識ってゆーか自然現象そのものみたいな感じだし……まぁ、なんかいろいろ違うのよ。価値観とか目的意識とか、時間の感覚とか』

言いたいことはわからんでもないが……えれぇアバウトだな？

『あ、でもね。気になった人を特別扱いしてあげたりはするわよ？　たとえば魔力が強くて私達と話ができて、性格的にちょっとおもしろそうな人とか、あと迷子の喋る猫さんとか。ま、ただの暇つぶしだけど』

「ありがとーございます！　ガチで助かってます！」

いやほんと、精霊さんの先導がなかったら、こんな山の中、方向すらよくわからずぐるぐると同じとこを回る羽目になっていたやもしれぬ——

なにせ木立が深く視界が悪いため、周囲の景色から方向や現在地を把握するのも難しい。山地とゆーのはデフォルトで遭難するように出来ているのだ。

「でも、人との関係性が薄そうな割には、精霊さんの口調って割とフランクというか……人に慣れてる感じですよね？」

『そりゃまあ、人間がこっちの世界に出てきてからの付き合いだし？　あと私らって、生まれたり死んだりとかしないし、さっきも言った通り、記憶と経験は共有してるから……まぁ、慣れるわよね』

「つまり……精霊さんのお年って、何千歳とか何万歳とゆーことに……？」

『そうなるけど、時間とか暦とかあんまり気にしないし、肉体がないから老化もしないし……だから、人間の「年齢」って概念、実はよくわかんないのよね。人間は生まれた後、成長して少し生きて死ぬってだけの単純な話でしょ？　どうせ死ぬんだし、数十歳とかどーでもいい誤差の範囲じゃないのかなー、って。わざわざ年齢なんか数えて、意味あるのかしら？』

……………この超越者的思考。妖精さんとか精霊さんとか以前に、なんか神様感あるな……？　見た目はかわいらしい妖精さんだが、もしかしてこの方、けっこうな大物なのでは……？

戸惑う俺に、風の精霊さんはくすりと笑いかけた。

『それに、暦っていうのもあんまり実感がわかないの。アレって結局、人間が自分達の生活のために作ったものでしょ？　一年のうちで種を撒《ま》くべき時期とか収穫する時期とか季節の変化に備える時期とか、そういうのを把握するための目安として「暦」ができて、それが積み重なって「歴史」になって、でも一人一人が生きていられる時間が少ないから、今度はその歴史を残すために「記録」が必要になって――

けっこう昔に仲良かった魔導師からそーいう話を聞いた時、「めんどくさっ！」って思ったわ』

精霊さんにつられて、俺もつい笑ってしまった。野生の獣じゃあるまいし、そんな大雑把《おおざっぱ》な……あ。

今の俺は野生の獣であった。

その後も俺達はいろんな話をしたが、精霊さんから俺への質問もけっこー多かった。

もちろん内容は前世の世界の話である。

『電気……電気ねぇ。雷ってこと？　光るのはわかるけど、それで食べ物を冷やしたり温めたり？　焦がすだけじゃなくて？　雷で冷やすのは無理でしょ？』

「うーん……説明するのが難しいんですけど、電気そのものの効果ではなくて、そういう用途の機械を使うんです。で、その機械が電気を食べて動く、みたいな？」

『ふぅん。魔力で動く魔道具みたいなものかしら。でもその機械なら、魔力がない人でも使えるのね。つまり猫さんの前世の人達は、その電気？　っていうのを、体から放出できたの？』

「あ。いえ、そうではなく。電気はですね、専用の施設で作って、それを各家庭に分配するんです。人間の体では電気なんか作れません」

……人力の発電機とゆーものもあるし、静電気も電気の一種だし、脳から筋肉へ送られる微弱な電気信号、というものもあるが、説明がややこしくなるだけだから無視！　あと屋根を使った太陽光発電も割愛《かつあい》！

『変な世界で生活してたのねー。こっちは割と普通だから、安心していいわよ？』

……俺にとっては魔法とか精霊とか魔獣とかが当たり前に存在する世界のほうがよほど不可思議なのだが、やはり「普通」というのは、自分の知っている常識が基準になるものらしい。

これからこの異世界にてサバイバルする上では、俺の「普通」が通用しない事態も多いはずで、そのあたりはいろいろ気をつけたい。

　やがて夕暮れが近くなってきた頃、疲れ果てた俺は足を止めた。目の前には、ちょうど登りやすそうな感じに枝分かれした大きな木がある。

　何本もの木がねじれながら絡まっていったような造形で、いかにもファンタジー感満載な見た目。

「今日はこのあたりで休もうかと思います。この木とか、寝床にどうですかね？」

『あ。この木はダメ。上のほうに呪詛鷹《カーズドホーク》の巣があるから。下を通り過ぎるだけなら大丈夫だけど、登ったら敵と見なされて八つ裂きよ』

……………………異世界の山ェ……

　精霊さんのありがたい助言に従って、俺は疲れた体を引きずり、またしばらくはトボトボと歩く羽目になった。

　それから約三十分ほど経って。

　沢で水を飲んだりした後、精霊さんが勧めてくれた別の木によじよじと登り、俺はやっと一夜目を迎えた。

　寝床に定めた枝はなかなか良い感じ。直下に他の枝も伸びており、寝ている間に落っこちてもある程度はなんとかなりそう。

　猫らしく身を丸めて、自らのモフモフを枕に身を横たえる。

　人間には無理なこの寝姿、想像以上に暖かい。まるで自らの身体がベッドになったような感じ。毛皮の性能すげぇな！

「ふぅ……やっと落ち着きました。びくびくしながら歩いてきましたけど、結局、他の獣には遭遇しませんでしたねー」

『そうね。周辺一帯の様子を完全に把握しながら、危ないのがいる場所はちゃんと避けて進んだからね』

ん？　それは、つまり……

「もしかして……精霊さんのお力で、山の様子とか獣の位置とか完全に見極めた上で、うまい具合に導いてもらった感じですか……？」

『当たり前でしょ。だって猫さんとか、この山では普通に餌にされちゃう立場だもの。ついでに風を操って、猫さんの匂いを辿《たど》れなくしておいたから、夜は安心して眠れるわよ。私は睡眠も必要ないから、ヤバそうなのが近づいてきたらちゃんと起こしてあげる』

……………………ママ!?　ママなの!?

精霊さんの意外なほどにちゃんとした保護者ムーブに感動して、俺は思わずぶわりと涙ぐんだ。

『え。な、何？　急にどーしたの？』

「い、いえ……人の……もとい、精霊さんの優しさが身に沁みて……！　こんな見ず知らずの野良猫相手に、そこまで親切にしていただけるなんて、もうなんてお礼を言ったら良いのか……！」

『あー……あはは。そーいうのは別にいいから。こっちにしてみたらただの気まぐれだし、転生しての喋る猫さんとか珍しいし。あと、まぁ……猫さんって、なんか助けてあげたくなる感じなのよね』

精霊さんは照れ笑い。

転生させてくれたは良いものの、かよわい猫一匹を素っ裸で山中に放置した超越者さんとはえらい違いである。

そして俺は、この日、この夜を含めて三泊四日の間――

精霊さんからの完璧な保護のもと、深い山の中を順調に導いていただくことになった。

3 罪と猫

結論から言おう。

夜の山こわい。

すげーこわい。


なんか遠くから変な鳥の声が聞こえたり、眼下の草むらに獣の息遣い的な気配を感じたり、間近でガサガサ音がしたからふと背中を見たら体長三十センチ近い極太のムカデさんが俺の体毛に埋もれてコンバンハ今夜は冷えますネ！　してたり――

さすがにこの時は絶叫した。木から落ちなかったのは奇跡である。

『餌じゃないの？』

とか精霊さんに不思議がられたが、猫的食生活は絶対に無理だと改めて悟った。

そんな恐ろしい夜を三回ほど経験し、いくつもの斜面を越え——俺は精霊さんの導きによって、ようやく麓《ふもと》に人家が見えるあたりまでやってきた。

そう。

無事に、山を、越えて——


……諸君、山を舐めるな。

精霊さんがいなかったら、たぶん俺フツーに迷って野垂《のた》れ死んでた。

幸いにして熊さんや狼さんや鷹さんにかじられることはなかったが、心身ともにほぼ限界である。

眼は落ち窪み……あ、いや、これは鼻が出ているだけか。毛並みは薄汚……模様だなコレ。

肉球は泥に……意外と汚れてないな？　猫の足って汚れがつきにくいのだろうか。

……まぁ、見た目にそんな変化はないかもしれないが、おなかはすごく減っている。夜間の移動を控えたため、睡眠時間だけは長めに確保できたが、精神的にもかなりまいっている。


麓へ続く獣道の途中で、俺は精霊さんと別れの時を迎えた。

『ここから先は人の領域。精霊の力も薄くなっちゃうから、私はここでさよならね。行けないこともないけど、正直かったるいし』

「うん。本当にありがとう、精霊さん……！　この御恩は決して忘れません。何か猫の手でも借りたい事態が起きたら、ぜひお声がけください」

『あはは。期待しない程度に憶えておくね』

実際、役に立てるかどうかまでは保証できない。

犬は三日飼えば三年恩を忘れず、猫は三年の恩を三日で忘れる、なんてよく言われる。

が、猫はその性質上、概ねツンデレなだけであって、実は記憶力は悪くないらしい。

俺も学力テスト的な意味での記憶力にはあまり自信ないが、とりあえず「人から受けた恩」についてはまず忘れない。

精霊さんは間違いなく、命の恩人……恩霊？　である。

俺は肉球を振って、山側へ戻っていく精霊さんを見送った。

三泊四日の旅路を経て、そこそこ仲良くはなれた……気がする。

なんか別れ際にウインクと投げキッスまでもらったような気がしたが、それと同時に光の粒がふわーんと俺の額に飛んできて、音もなく着弾した。

ぽわっ、と何かが頭に入った気がしたが、その正体はよくわからない。もしや『精霊の加護』とか、そんなヤツ？　だったら嬉しいのだけど。

ともあれ単独行になった俺は、空きっ腹を抱えてのんびりと麓へ降りていった。

周囲は森で見通しこそ悪いが、材木を切り出した後の切り株や荷馬車の轍《わだち》が確認できる。つまり人里がかなり近い。

山を越える時にも、広い敷地に建つちょっと大きめのお屋敷が見えた。

村長とか町長とか領主さんの家かもしれないが、精霊さんはあまりそのへんの事情に詳しくないらしく、町の名前などもご存じないようだった。

や、「まったく何も知らない」というわけではなく、「地域一帯にいろんな名前の村や町がそこそこあるから、どこがどこだかいちいち憶えてない」という……まぁ、「そりゃそうですよね」としか言いようがないお答えである。

そもそも精霊さん達は、人間社会のことにはほとんど興味がないらしい。人間も精霊社会のことには詳しくなかろうし、そこはお互い様か。


第一村人発見には至らぬまま、やがて俺の前には簡素な木の柵が見えてきた。

子供や犬猫なら隙間をすり抜けられる、大人ならよじ登って越えられる程度の簡単な柵である。

侵入防止用には役立たないから、つまり「ここから先は私有地！」と宣言するのが目的なのだろう。


そして、その向こう側にあるのは…………………

人類文明発祥の基礎たる『農耕』。

その発展型にして、一つの到達点――

そう。

菜園である。

――じゅるり。


高く青々と伸びた太めの茎。

そのそこかしこでたわわに実るあの赤い実は、前世でもお世話になったあの野菜に違いない。

育てやすさの割に高い栄養価を誇る、家庭菜園初心者の心強い味方であり、収穫回数も多めに見込める野菜界の至宝――

ト　マ　ト　。

俺はふらふらと夢遊病の如き足取りで柵をくぐり、まだ何も植わっていない他の畑を横切って、トマトの元へ馳せ参じた。

短い前足を伸ばし、にょきっと飛び出た爪で、猫にとってはやたらと大きく見えるその実をもぎ……


歓喜に震え、牙を剥いてかぶりつく。

たちまち果肉が弾け、程よい酸味と爽やかな甘味が乾いた口の中を潤《うるお》した。

俺はトマトを前足で掴み、二本足で立ったまま、無我夢中で貪《むさぼ》る。

異世界に来て最初の悪事が野菜泥棒――

農家の方、ごめんなさい。これも生きるため。後で（返せるようなら）御恩はきっと返します……

トマトうめぇ。トマトってこんなうまかったのか。トマト。トマト。もう俺、トマト様に忠誠を誓う……

「ふー……どれ、もう一個」

瞬く間に一つ目を平らげ、肉球で口を軽く拭いて二つ目に取り掛かったところで、俺はふと視線に気づいた。

トマトの茎の向こう側。

割と近い場所から、身なりの良い銀髪の幼女が、じっと俺を見つめていた。

青い瞳をまんまるに見開き、硬直して、無言のまま――

……一つ目を食べるのに夢中で、接近に気づかなかった。

あるいは最初からいたのかもしれないが、正直トマトしか目に入っていなかった。

両手で大事に掴んだ二個目のトマトと、正面の幼女。

俺は対応の優先順位を間違えない。一度手を付けたものは、ちゃんと食べきるのが礼儀というものである。

もぐもぐ。

「…………」

幼女の視線は外れない。

もぐもぐもぐ。

「…………」

すっごい見られてる。

もぐもぐもぐもぐ。

「……………………」

まばたき忘れてないか、この幼女。

ごっくん。

食い終わった。

……さて、謝罪の時間だ。

「……盗み食いしてすみません……！　ごちそうさまでした……！」

とりあえず土下座した。

トマトは格別にうまかった。

きっとさぞかし名のあるトマトだったに違いない。ブランド野菜である。

そして今や俺は農家の敵。忌むべき野菜泥棒。死罪も覚悟……したくはないが、強制労働くらいで済めば御の字としよう。むしろここで働かせてください。まともな寝床と餌が欲しいのです……

幼女は固まったまま動かない。

「……ね……猫さん……しゃべれるの……？」

……まぁ、当然の反応である。むしろよく逃げなかったものだ。

「そっスね……喋る程度なら、まぁ、なんとか……でも、あの……支払い能力がなくてですね？　わけあって文無しなんですが、三日ほど飲まず食わずで向こうの山中をさまよっていたもので、もう本当に餓死する寸前でして……！」

根来《ねごろ》ちょっと嘘ついた。水は川の水を飲めてた。精霊さんに教えてもらったイケそうな木の実も少し食べた。

が、餓えていたのは事実であり、みずみずしい新鮮なトマトは本当にこの上なくうまかった。

幼女が恐る恐る、こちらへ歩み寄ってくる。

「猫さん……おなかすいてるの？」

「は。いえ……たった今、トマト様のおかげで人心地《ひとごこち》ついたところでございます……」

トマト様に忠誠を誓ったこの身。今後は敬称をつけざるを得ない。

幼女が俺のそばにしゃがみ込む。

「……トマト様って誰？　……そもそも……なんでしゃべれるの……？」

どうやらトマト様、この世界では別のご尊名《そんめい》をお持ちであるらしい。さすが我が主である。

それはさておき——道中、心強い保護者と化した精霊さんから、こんな助言を受けた。

『元人間、とは言わないほうがいいかもよ？　そもそもこの世界の人間じゃなかったのに、世間一般、人並みの常識を求められても困るでしょ？』

その通りである。仮に何かやらかしても、猫ならお目こぼししてもらえるかもしれない。たとえば……野菜泥棒とか。

「ええと、あの、その……ちょっと記憶が曖昧でして……気づいたらこんな感じでした、としか……？」

…………うそをつくのがへた。

そう。俺は基本的にバカである。学校の成績云々ではなく、要領よく立ち回れないほうのバカである。や、別に学校の成績もたいして良くはなかったが。

就職面接で「志望動機は？」と聞かれ、「家計が苦しくて、とにかく働けるところならどこでも！」とバカ正直に答えたレベルのバカである。

それで拾ってくれた社長（社員七名・趣味は釣り・見た目も中身も田舎の好々爺《こうこうや》）には感謝しかなかったが、こんな形で業務に穴を空けてしまって本当に申し訳ない。

幼女は当然、納得するわけもなく。

「本当に猫さん？　あっ。もしかして神獣《しんじゅう》の子供とか？　どこから来たの？　名前は？　行くところあるの？　撫でてもだいじょうぶ？」

おおう、好奇心の暴力……！

「撫でるのはご自由にどうぞ。もはや抵抗はいたしませぬ……私めはただの名もなき愚かな野菜泥棒でございますれば、どうか命ばかりはお助けを……！」

……土下座して幼女に命乞いする猫。

いやまぁ、あれッスよ。ぶっちゃけ体は幼女のほうが大きいわけですよ。

人間でけぇ。猫になって初めてわかる。人間超でけぇ。バカか。怖いわこんなん。

幼女がわしゃわしゃわしゃと俺の体を撫で回しはじめる。

……む、これはなかなか。

あ、おなかはやめて、おなかは。なんかこそばゆい。

喉の下いい感じです。そうそこそこ。あー、いー感じ……うわーう、おーいえー……ごろごろごろごろ
……


「…………はっ⁉」


気づくと俺は幼女に抱えられ、どこかへ運ばれつつあった。

人間の撫で技術しゅごい。催眠術？　エステティシャン？

「……あれ？　おや？　あれれ？　……あの、お嬢様、俺はどこへ運ばれているのです？」

「ルーク、お父様に紹介するね。お父様は犬派だけど、きっと仲良くなれると思うの」

ルークって誰？　あ、もしかして俺？　いつの間にか名前つけてくれた？　わぁい。……わぁい？

……いや喜んでいいのかコレ。幼女に拾われたぞ？　え？　このまま飼われる流れ？

いや待て落ち着けまだあわてるような時間じゃない。

幼女が猫を拾った場合、ほとんどの親がとる対応は一つ。


「ちゃんと飼えないでしょ！　元いた場所に返してきなさい！」


コレである。

そして俺は捨てられ──「野菜泥棒」の件は、どさくさ紛れにめでたく不問となる。

よし！　イケる！

……が、幼女に泣かれるのはちょっと怖いから、予防線は張っておこう。

「えーと、もしもし、お嬢様。あのですね、猫を飼うのって、割と大変らしいんスよ。だから親御さんはきっと嫌がると思うんですね。たぶん『元いた場所に捨ててきなさい！』とか言われるはずなんで、そうなったらどうか、それ以上はお気になさらず──」

抱きかかえられた俺の後頭部に、もふっと顔を押しつける幼女。

「だいじょーぶ。貴族が『喋る猫さん』なんて珍しい生き物を、手放すわけないから」

貴族！　貴族と仰ったぞこのお嬢様！

あっ！　ここ貴族の敷地か!?　あの野菜畑も貴族所有か！　名のあるトマト様の育成者は名のある御方だった！

――思わずニヤリと邪悪な笑みが漏れる。

悪くない。これは悪くない流れである。

お貴族様のペットともなれば、三食昼寝つきは約束されたも同然だ。

人間としての尊厳とかはまあ、今はもう猫だから諦めていい。そもそも前世でも非モテ、貧乏、低身長と割と微妙な立ち位置だった。

これからは猫として生きていく。その上で権力者やお金持ちに飼われるという選択肢は、なかなかに魅力的なものである。

なんといっても……カブトムシとか食べなくて済みそう。いや切実に。


よし、方針転換だ！　このままお嬢様に取り入ろう！

手のひら……もとい肉球を返して、俺は猫なで声をあげた。

「ところでお嬢様、お名前をおうかがいしてもよろしいですか？」

「クラリス。クラリス・リーデルハイン」

「ほほう。で、クラリス様は猫がお好きなのですか？」

「割と」

なかなかクールである。同時にクレバーな印象もある。

初遭遇時は驚愕のためか、もっと子供っぽい雰囲気だったが、今は確かに『貴族のお嬢様！』感が出ていた。

よく見れば身につけたお召し物も、首元のブローチとかスカートの青い飾り布とか、子供服にしては凝《こ》ったデザイン。明らかに高価。

長く艶《つや》やかな銀髪はメイドさんの奉仕の賜物《たまもの》であろうか、もう存在感からして高貴である。

そうか……俺はこの子のペットとして天寿をまっとうするのか……第一部・完。

…………………。

……………うん。知ってる。

希望的観測と客観的事実との間には、深くて広い溝がある。その溝を人は『世知辛い現実』と呼ぶのです……

貴族と聞いて俺もつい興奮したが、冷静になってよくよく考えると、そう上手くいくとも思えない。

猫は冷めるのも早い。思考の切り替えは大事である。移り気ともいう。

そもそもこんな怪しい猫を「飼おう！」なんて考えるのは、それこそ純真無垢《じゅんしんむく》な幼女くらいで、まともな大人なら「やベーのが来た！」と警戒するはずである。

クラリス様は「貴族が珍しい生き物を手放すはずはない」なんて仰ったが、ただ珍しいだけならいざ知らず、『言葉を使いこなす』というのはなかなか厄介だ。

敵国やライバル貴族が、機密情報や弱みを狙って送り込んできたスパイ、なんて可能性も出てくるし、たとえ現時点ではスパイでなくとも、将来的に裏切って情報を盗まれる懸念もある。

まぁ、それは使用人とかでも同じなのだが、ある程度は身元を確認できる人間と違い、この野良猫めは完全なる流れ者――ぶっちゃけあまりに怪しすぎる。

三食昼寝つき快適猫生活が目標ではあるが、ここから先は慎重に行動し、場合によっては逃げ出す算段も必要になるだろう。実験動物はいやだ。

ただ、もしもこちらのお貴族様が、話のわかる、人の良い……いわゆるチョロい類の御方だとしたら、この御縁を粗末にするのはあまりに惜しい。

どう対応するのが正解か、つくべき嘘とつかなくていい嘘の思案をしながら、俺はのんびりだらだらと幼女に運ばれていくのだった。

4　猫という悪辣な生き物

猫。

それは小型の虎である。

優れた平衡《へいこう》感覚と敏捷性《びんしょうせい》を有し、鋭い爪と牙で小動物を捕らえる、夜行性の狩猟者――

基本的には「かわいい」と人から愛される動物であるはずだが、所詮は獣、しかも肉食獣であり、その性根は酷薄《こくはく》にして自己中心的。

犬のような従順さからは縁遠く、飼い主を飼い主とも思わず、時には自らが主のように振る舞う、小生意気にして悪辣《あくらつ》な畜生である。

穀物を荒らすネズミを狩るという利点もあるため、害獣とまでは言えないが、しかし益などそれくらいなもので、狩猟犬や牧羊犬、牛馬羊その他の家畜と比べれば、利用価値は数段劣る。

ネルク王国に属する子爵、ライゼー・リーデルハインにとって、猫に対する認識などはその程度のものだった。


要約してしまえばつまり、彼は犬派である。

特に狩猟犬は良い。

賢い。速い。強い。しかも忠実。

育てる手間は少々かかるが、その日々もまた楽しみの一つであり、犬に比べれば猫など単なる毛玉である。

だから、愛娘のクラリスが「敷地内で猫を拾ってきた」と、使用人から聞かされた時――彼はつい眉をひそめた。

愛玩動物が一匹や二匹増えたところで、子爵家たるリーデルハイン家にとってどうということはない。

これが子犬であれば両手《もろて》を挙げて歓迎するところだし、小鳥やウサギであったなら、「まぁ、好きなようにしなさい」と微笑ましく見守る程度で済む。

万が一、落星熊の子供などであれば、さすがに山へ返すか処分せざるを得ないが……

しかし猫である。

ライゼーは決して、猫が嫌いなわけではない。益獣としての評価こそ低いが、これは犬が素晴らしすぎるだけであって、比べるのは酷である。

そもそも猫は難しい。

家の中で飼うとなれば粗相の懸念もあるし、高価な花瓶などを割られかねない。外で飼うとなれば、今度は庭の犬達がその猫を『獲物』とみなすかもしれない。

もしその猫が殺されれば、クラリスは哀しみ、犬達を嫌うようになるだろう。

こうして理路整然と考えていくと、やはりこの屋敷で猫は飼いにくい。

(仕方ない……どこか引き取り手を探してやるか……)

いざとなれば、領内にいる猫好きの商人にでも押し付けてしまえば良い。領主からの預かりものとなれば大事にしてもらえるはずである。

ライゼーは瞬時にそこまで思案をまとめたが、報告にきた若い娘の使用人は、まだ何か言いたいことがあるのか、執務室の入口で固まっていた。

「どうした？　まだ何かあるのか」

問うライゼーの声は、使用人に対しても穏やかで優しい。

今でこそ子爵家の当主という立場だが、彼は庶子であり、幼い頃はあまり貴族扱いされずに育ってきた。

物心つく前に有力商人の家へ養子に出されてしまったのだが、二十代前半の頃、他の兄達が事故や流行り病で相次いで亡くなったために呼び戻され、そのまま後を継ぐ羽目になった。

商人として生きていく気概《きがい》に溢れていた若きライゼーにしてみれば、当時は「何を今更」と思ったものだが、しかし領主の家が断絶した場合、次にやってくる領主がまともな為政者《いせいしゃ》であるという保証はどこにもない。

仮にライゼーが一人前の商人になったとしても、そこへおかしな領主がきてしまえば商売に支障が出る。

ならばいっそと自分がその地位につき、あっという間に十数年が過ぎた。

幸いにして、今の領内は父の代よりも栄えている。

領地はさほど広くもないが、歴史的に騒乱の少ない土地であり、住み暮らす人々の気性も概ね穏やかなため、治める側としては楽な土地だった。

自然、領主の気性も穏やかになる。

そんな優しいライゼーに対し、使用人の娘が口ごもるなど珍しい。

これは「領主が怖い」わけではなく、「領主に言うべきことなのかどうか」、自身で迷っていると判断していい。

それを察して、ライゼーは微笑を浮かべる。

「サーシャ、何か気になることがあるなら、臆さずに言いなさい。年若い君はまだ慣れていないだろうが、うちの邸内では、基本的に私への報告を気兼ねする必要はない。隠されるほうがよほど困る」

サーシャはびくりと肩を震わせ、次いで深々と一礼した。

「失礼いたしました。実は……その、お嬢様が、不思議なことを仰っているのです。拾った猫が人の言葉を喋った、旦那様へのお目通りを願い出ている、と――」

ライゼーは吹き出した。

愛娘クラリスは、とうとう交渉術を覚えたらしい。

幼いながらも賢さの片鱗《へんりん》は見え隠れしていたが、猫に好印象を持たない父親をどうにか籠絡《ろうらく》しようと、猫を臣下に加える算段を練ったらしい。

さて、ここからどう出る気かと、父としては興味を引かれる。

「よし、会おう。庭にいるのかな？」

「……あの、いえ、その……」

「ん？　もう屋敷にいれてしまったのか？」

「は、はい……ですが、その……」

歯切れの悪い新米使用人に苦笑を送りつつ、ライゼーは執務机から立ち上がった。

「娘のわがままだ。何がどう転んでも、君の落ち度にはならないから安心しなさい。そして、報告ははっきりと手短に……いいね？」

サーシャがごくりと唾を飲みつつ頷いた。

「それでは、申し上げます。その猫ですが……応接室にて、お嬢様と一緒に、優雅に紅茶を飲んでおります」

「ほう。紅茶をたしなむ猫とは珍しい……いや、確か、猫に紅茶は毒ではなかったか……？」

クラリスがふざけて、皿にでも注いだのだろう。

しかし使用人の娘は、震える手でティーカップを持つ仕草をする。

「それが、その、お嬢様が勧めたところ……猫は、ティーカップを、こう……小さな手で器用に持ち上げて……ミルクを少しいれて……」

「……ん？」

「……香り高く良い紅茶だと、褒めていただきました……」

ライゼーはしばし思案する。

使用人がおかしくなった……などとは思わない。なんとなれば、彼女は今、明らかに自分自身の頭を疑っている。狂人は自分が狂人だなどとは気づかぬものである。

「……会おう。応接室だな」

貴族は慌てない。

それは貴族の矜持《きょうじ》であり、処世術《しょせいじゅつ》でもある。

ライゼー・リーデルハイン子爵は商家育ちでありながら、この点において、確かに『貴族』たる資質を持ちあわせていた。

5　猫との遭遇

応接室でライゼー子爵を出迎えたのは、まごうことなき猫だった。

ソファから降りて直立し、胸元に手を添えて優雅に一礼しつつ、

「お初にお目にかかります、子爵様。私はネゴロ・カイト……いえ、先ほど、クラリスお嬢様から『ルーク』という名を賜りました、一介の野良猫でございます。突然の来訪にもかかわらず、こうして面会のお時間をいただけましたこと、光栄至極に存じます」

と、淀みなく言ってのけたが、見た目はまさに猫以外の何物でもない。

本人も「自分は猫」だと言っている。

つまり猫である。

猫……猫って、こんなだったか……？

子爵は呆気にとられて立ち尽くした。

一方、娘のクラリスはドヤ顔である。『私が見つけた』『コレは私の』と、表情だけで雄弁に主張している。

「…………まぁ、座りたまえ」

ライゼーは対面のソファに腰掛け、猫に着席を勧めた。

「は。失礼いたします」

猫は前足をかけてソファによじ登ろうとしたが、クラリスが即座にこれを抱えあげ、自らの膝上に乗せた。

我が物顔である。


改めて向き合うと、なかなか毛並みは良い。

猫の顔の良し悪しなどはよくわからぬが、凛々《りり》しいというよりは愛嬌《あいきょう》のある顔立ちで、決して不細工ではないが美猫というわけでもない。手足はやや短めで、全体にふくよかである。

——つまるところ、そこらによくいる普通の猫である。

決定的に違うのは、その眼に宿った知性の輝き——とでも言いたいところだが、猫という生き物はそもそもが賢そうに見えるため、この点もあまり代わり映えしない。むしろ野性味がない分、かえって間が抜け……いや、これは来客相手に適切な感想ではなかった。

ライゼーは貴族である。しかし養子に出されていた商家での生活が長かったため、思考の基礎や価値観は、貴族よりも商人に近い。

即ち、相手の真価を見極める際に、その身分や地位よりも自身の勘と眼力を重んじる。

そのライゼーの眼力をもって、眼の前の猫を見定めると——

（…………………猫だな）


猫である。

判断などできようはずもない。

内心で頭を抱えながら、彼は引き続きこの不可思議な会談に臨んだ。

「……で、ええと……なんと呼べばいいのかな。ネゴロカ殿？　あるいはルークと？」

「ぜひルークとお呼びください。私の本名は、こちらの国では響きが奇妙に聞こえるようです」

「……では、ルーク。貴殿は何者かね？」

驚きはした。しかし、ライゼーは眼の前の現象を、『有り得ないこと』とは思っていない。

可能性は複数ある。

たとえば、田舎の子爵領でお目にかかる機会はまずないが、王都では最近、『魔導人形』なる技術の研究が進められていた。

社交界の席でライゼーも試作品を見かけたが、これは木製、あるいは金属製の人形を魔力によって操作するもので――

ライゼーは、まじまじと猫を見る。

まばたき。眼球の動き。口元。何より、四肢の動きのなめらかさ――

（……違うな。さすがに、このクオリティはまだ無理だ……）

人形に猫の剥製《はくせい》でも着せれば、かろうじて毛並みだけは再現できるかもしれないが、動きの繊細さは比ぶるべくもない。何より、すぐ傍に操作する魔導師が必要となる。

娘も使用人も、もちろん自分も、そんな技術は持ち合わせていない。

猫は困ったように目元を歪《ゆが》めた。

「はい。私は……実は、この世界の者ではありません。別の世界で平和に暮らしていたのですが、向こうでちょっとした事故に巻き込まれ……世界の垣根を越えて、こちらの世界へ飛ばされてしまったようなのです。気づいた時にはあちらの山の中におりました。それから、通りすがりの精霊さんに導かれ、どうにか山を抜け、数日がかりでこの地まで辿り着いた次第です」

胡散臭《うさんくさ》さが加速した。

――が、話の筋は一応通っている。

「なるほど、世界の境界を越えた者か……つまり貴殿は、サクリシア建国の王シュトレインや、カーゼル王国における救国の軍師・キリシマと同じような境遇であると……そう言いたいのかね？」

「誰ですかそれ!?　てか、いるの!?　え？　何、俺以外にもけっこうこっちに来てる感じ!?」

猫が眼を大きく見開いた。口調が急に砕けたのは、驚きすぎて素が出たらしい。

すぐに気づいて、彼はぐしぐしと頬のあたりを毛繕《けづくろ》いし、居住まいを正す。

「し、失礼しました……あの、そういう話は初耳だったもので、ちょっと驚きまして……ええと、シュトレインという方はわかりませんが、たぶんそのキリシマという人は、名前の響きからして、自分と同郷かもしれません。会えますか？」

ライゼーは苦笑いを浮かべる。どうやらこの猫は、本当にこの世界の歴史などを知らないらしい。

「とうの昔に亡くなっているよ。どちらも伝説の中で、『異なる世界から訪れた者』と書き残されているだけで、それが事実かどうかは疑わしい。もちろんよくある話でもないし、少なくとも私は、『他の世界から来た』などと語る猫に会うのはこれが初めてだ」

猫がしゅんと背中を丸めてしまった。

その落ち込みようは演技には見えず、会ったばかりではあるが、何やら気の毒になってしまう。

愛娘のクラリスも、猫の背を撫でさすりながら、ぎゅっと抱え直した。

「……では、あの……その伝説の中のお二人も、やっぱり猫だったんでしょうか？」

ライゼーは首を傾げる。

「いや、特にそういう話は残っていない。猫の姿の英雄といえば……西方の国々にそんな伝承があったような気もするが……私はあまり詳しくない。いずれにしても、これはもうおとぎ話のようなものだな」

「そうですか……」

猫はしばらく思案した後に、ゆっくりと頭を下げた。

「ライゼー様。ご覧の通り、今の私はただの野良猫です。行くあても住む場所もなく、途方に暮れております。唐突に現れた上での図々しい願いとは百も承知ですが、農作業……は、まともにできるかどうか怪しいので、畑の番としてでも、こちらに置いていただけないでしょうか」

猫が勤労意欲を持ち合わせていたことに驚愕しつつ、ライゼーは愛娘クラリスの顔色をうかがった。

飼う気である。

飼う気満々である。

これはもう説得してどうこうなる顔つきではない。拒否すれば数ヶ月……半年……あるいはもっと長い期間、口を利いてもらえなくなる。

娘の怒りは怖い。割と素で怖い。

クラリスは決してわがまま放題というわけではなく、基本的には頭脳明晰《めいせき》で聞き分けも良いのだが、一線を引いた後は退かない頑固さも持ち合わせている。

今までは「猫を飼うことの問題点」を説いて飼育を諦めさせてきたが、その問題点を概ねクリアしてしまう猫（？）が現れてしまった。

また、ただの猫でないとなれば、よその商人へ気軽に預けるのも難しい。

なにより——既にライゼー自身が、この「猫」に興味を引かれてしまっている。

粗相の心配は……おそらくない。

花瓶を割る心配も……まぁ、ほとんど考えなくてよかろう。

犬に襲われる危険性はわからないが、そこはまあ、室内飼いに徹することで安全策をとれる。

ただし室内飼いが前提ならば、畑の番などはもちろんさせられない。

「畑の番は必要ない。が、ここで暮らしたいのなら、何か問題が起きない限りは滞在を許可するし、食事も提供しよう。生活をする上で、何か特に必要なものはあるかね？」

猫がまばたきを繰り返した。

「……え？　そんなあっさり……あ、あの！　だ、大丈夫ですか？　喋る猫ですよ？　怪しくないですか!?」

自覚はあったらしい。

ライゼーは大きく頷く。

「もちろん怪しい。すごく怪しい。だからこそ私の領内で野放しにはできんし、うちからよその領地へ行かれて、そこで騒動を起こされても困る。『どうして野放しにした』と、こっちの責任問題にされかねない。幸い、うちは田舎の小さな子爵領で、よそに知られて困るような秘密もなければ、探られて痛い腹もない。外からの来客もほとんどないから、隠れて暮らすにはうってつけだろう。その上で、君の人となり……猫となり？　を、じっくり判断させてもらいたい」

理路整然と告げると、猫はさらにまばたきを重ねた。

彼はどうやら、『今ここで信頼を得なければ、身の安泰《あんたい》はない』とでも考えていたらしい。

ライゼーはもう少し打算的な大人である。

信頼などというものは、少しずつ、時間をかけて培《つちか》っていくものだと弁《わきま》えている。

今の時点でこの猫を信じる気など毛頭ないし、またその必要もない。そもそも信じる者としか交誼《こうぎ》を結べないような輩は、貴族としてやっていけない。

貴族たる者、利用できるものは利用し、信義の有無にかかわらず損得を計算し、時には騙されたふりをしてでも上手く立ち回らねばならない。

その点、この猫に関しては、ライゼー側は特に嘘をついたり気を使う必要がなく、猫側の嘘や秘密を許容するだけで良い。付き合いとしては気楽なものだった。

「君が他の世界から来た無知な猫だというなら、まずはここで、一般的な知識や常識を身につけなさい。身の振り方を考えるのはそれからでいい。ついでに私にも、多少は打算がある。君がもし本当に別の世界から来たのなら、その知識や情報には興味があるし、もしそれが嘘だったとしても、家に猫が一匹増える程度ならさしたる支障もない」

ついでに、娘の機嫌を損ねるのが一番怖い……が、これはわざわざ言う必要もない。

猫はぶるりとその身を震わせた。毛が一瞬だけ逆立ち、すぐに元へ戻る。

「……ありがとうございます。あの……本当に、ありがとうございます。正直に申し上げて……こんなに怪しい猫に、そんなあたたかいお言葉をいただけるとは、想像もしていなかったもので……その、なんと御礼を申し上げたらいいか……」

ライゼーの反応は、彼の事前の予測と大きく食い違っていたらしい。もちろん、良い方向に。

ライゼーは鷹揚《おうよう》に笑う。これは半分以上、『貴族』としての演技である。

「いずれ恩返しをしてもらえるのなら期待しておこう。ところで、クラリスは彼を庭先で拾ったそうだが……最初からうちの敷地にいたのか？」

「ルークったら、レッドバルーンの実を食べていたの。よっぽどおなかが空いていたみたい」

ライゼーはつい、眉をひそめた。

敷地の外れに植えてある『レッドバルーン』の実は、とてもではないが食用にできるものではない。

実は大きく見えるが、薄い外皮はカラカラに乾いており、その中身はほぼ空洞で、中心部に親指大の種子がある。

基本的には潰して煮詰めて染料《せんりょう》にするための植物で、ライゼーは食べようと思ったことさえないが、聞いた話では苦味とえぐみが酷く、人が死ぬほどではないが毒性もあるらしい。

国境を隔てた遠方には、食用にできる『イエローバルーン』という近縁の品種もあるらしいが、ライゼーの領地では栽培していないし見たこともない。

「……あれを……食べたのか……？」

「も、申し訳ありません！　あまりにおいしかったので、つい、二つも……！」

「二つ⁉」

一つ食べようとして、まずくてすぐに捨てた、というなら話はわかる。

（異世界の猫は……もしや味覚がまったく違うのか？）

これが事実とすれば、俄然《がぜん》、異世界説に信憑性《しんぴょうせい》が出てきた。

猫はライゼーの反応を別の意味に受け取ったのか、青ざめ……ているかどうかは、毛並みのせいでよくわからないが、とりあえず眼に緊張の色を浮かべ、身を縮こまらせている。

「な、なんとお詫びしたら良いやら……そんなに高価なお野菜とは露知らず！」

「い、いや、高くはない！　あれは染料として使うものであって、そもそも食用では……」

「染料!?　あんなに美味しいトマト様を!?」

今度は猫が驚愕に眼を見開いた。

どうにも話がかみ合わないが、この猫にとっては好物であったらしい。トマト様という単語に聞き覚えはないが、おそらく彼の世界ではそう呼ばれていたのだろう。

「レッドバルーンの実を、君の世界ではトマト様と呼んでいるのか？　いずれにしても……あれを『美味しい』と表現するのは、我々にしてみるといささか不可思議だ。外側はがさがさだろうし、中の小さな実も食用には適さない上、この季節ではまだ熟していなかったのではないか？」

「ええ……？　いえ、完熟だったと思いますが……外側も瑞々《みずみず》しく艶やかで、それこそ弾けそうな張りがあって、程よい酸味の中に爽やかな甘みもあって……空腹を差し引いても、それはもう絶品でした」

ライゼーと猫は、しばし顔を見合わせた。

――これはどうやら、互いに違う植物の話をしている。

だが、猫が言うような野菜にも心当たりはない。瑞々しく艶やかで、弾けそうな張り……となると、思い当たる「果実」はいくつかあるが、今の季節、このリーデルハイン邸の敷地内にそれらの植物はない。

「本当にうちの庭での話かね……？　クラリス、彼はどこにいたんだ？」

「だから、レッドバルーンの畑だってば。私は茎の反対側にいたけど、赤いものを食べているのは見えたから」

「ふむ……一応、確認しておこうか。今夜の彼の夕食をどうするか、という問題もある」

人と同じものを食べられるのか、あるいは猫用の食事が必要なのか、はたまた食用にならぬはずのレッドバルーンでも良いのか――そもそも、彼が敷地内の畑から取った実はなんなのか。

全てをはっきりさせるには、件の畑まで出向くのが手っ取り早い。あるいは庭を任せている庭師の老爺が、新しい作物を試験的に植えていた可能性もないわけではない。

クラリスが猫を抱えて立ち上がるのにあわせて、ライゼーも腰をあげた。

そして二人と一匹は、敷地の外れにぽつんと設けた「レッドバルーン畑」へと足を向けたのだった。

6　賢い猫は喋れる

……なんだかおかしなことになった。

クラリスお嬢様の腕に抱かれた俺は、猫らしく眼を細め、こっそり途方に暮れていた。

野菜泥棒……の件は、どうもあまり気にされていないらしい。

が、「そもそも何を食ったのか」という、予想外の疑問をもたれてしまった。

俺が食ったのは間違いなくトマト様だ。

呼び名の違いはあるかもしれないが、少なくとも味と食感はまさしくあの太陽の恵みの塊たるトマト様そのものであり、間違えようがない。

この地の人間はトマト様を食わないのか、とも思ったが、あんな美味しい野菜をわざわざ染料としてだけ使うというのは、どう考えても正気の沙汰ではない。


やがて辿り着いた、先ほどのトマト畑には――

見間違えようもない、あの真っ赤に熟した大ぶりなトマト様が、たわわに実っていた。

壮観である。

コレほどのトマト畑には、あちらの世界でも滅多にお目にかかれるものではない。

じゅるりと生唾を飲んだ俺の頭上では、ライゼー子爵が眉をひそめていた。

「…………なんだ、あの赤い実は？」

――おっと、ライゼー子爵、やはりトマト様をご存じない？

というか、なんで所有者の知らん植物が畑に生えているの？　自生？　鳥さんが種運んできたとか？

「やっぱり違う野菜なんです？」

「少なくともレッドバルーンではない。いつの間に植え替えたのか……いや、三日前までは確かにレッドバルーンだったはずだ」

呆然と呟いて、子爵様がトマト様を一つ手にとった。

「……重い。ぎっしりと中身が詰まっている……ルーク、君が食べたのはこれなんだな？」

「はい。あまりにおいしそうだったので、つい手が伸びまして」

「確かに、うまそうではあるが……甘いのか？」

「甘みはそんなに強くないですが、爽やかな酸味と独特の風味があります。青臭さを気にする人もいましたが、基本的には生でも調理でもイケる素晴らしいお野菜です」

なぜ俺は異世界の貴族様相手に、トマト様の説明をしているのか……

何度も言うようだが、そもそもここはライゼー様の畑である。どう考えても俺が説明する側ではない。


整理しよう。

この世界にトマトはない。

あ、いや、もちろん、名前が違うだけで同じような植物はどこかにあるかもしれないが、少なくともライゼー様は知らないらしいから、このあたりの地方にトマトはないと見ていい。

で、ライゼー様の畑に植わっていたコレは、間違いなく俺のよく知るトマト様なのだが、本来はここに違う植物が生えていたという。

——一瞬、なんかすげー嫌な予感がした。

俺はその予感を心の隙間に封じ込め、トマト様を一つもいで、自らの毛で軽く拭き、大口を開けてかぶりつく。本日三つめ。ちょっと食い過ぎか？

味はトマトである。間違いない。みずみずしくジューシーで、めっちゃくちゃ美味いブランドトマト様である。

……うん。あのですね。ぶっちゃけ、記憶にある味なんスよ、コレ。

前世にて近所の農家の人からもらった、品種改良をガンガン重ねた末に生まれた、最高級のお高いブランドトマト様……

正確なご尊名は忘れてしまったが、あの美味しさは衝撃であった。

そしてその衝撃が、今再び、俺の手元に……

……理屈はわからん。何がどうなっているのかさっぱりだ。

でも多分、コレは俺がやらかした案件である。

ココに植わっていたレッドバルーンなる見知らぬ植物を、俺がなんらかの力（？）で、トマト様に変えてしまった……そんな可能性がががががが。

……人間だったら冷や汗ダラダラものであるが、しかし猫は肉球周辺にしか汗腺《かんせん》がない。わお便利。

でも手汗すげぇ。


もぐもぐと無心にトマト様を頬張る俺を見て、クラリスお嬢様も興味しんしんの御様子だった。

「お父様、私も食べてみる」

「や、やめなさい！　万が一、毒だったら……！」

「だからお父様じゃなくて、まず私が食べるの」

お嬢様、毒味《どくみ》とはなんと献身《けんしん》的な……！

……あ、いや違うこれ。好奇心に負けてるだけだ。家来に毒味させるとかそういう発想をすっ飛ばして、もうただ自分で食べてみたいだけだ……

さすがにライゼー子爵はこれを許可しなかった。

「バカなことを言うな！　とりあえず、この実をいくつかとって屋敷にもっていき、皆に見せて心当たりを聞く。リルフィも呼んできなさい。あの子は私より物を知っている」

……そーだ、パンに挟んで他の具材と一緒にサンドイッチにしよう。台所貸してくれるかな？

時間があれば煮込んでミートソースを作るのもいいな……

ゆくゆくはケチャップ、トマトジュース……あ、トマトゼリーなんてのもあった。夢がひろがりんぐー。

トマト様をかじりながら現実逃避している間に——

ライゼー子爵は慣れない手付きでトマト様の収穫を始め、クラリス様はそんな父親をおいて、俺を抱えたままたったか歩き出した。

どうやらリルフィという人を呼びに行くらしい。

そして彼女は、俺の耳元でそっと一言。

「……あれ、ルークが持ってきたんだよね？」

――――聡《さと》い。

　さすがである。肝心の俺自身が現実を認められず逃避しているというのに、クラリスお嬢様はもう気づいた。

「ちょっとよくわかんないですが……無関係ではなさそうです……あれは私の世界にあった、人気のお野菜でして」

「おいしそうだった」

「すげーうまいです。生でもいけますし、もちろん料理にも使えます」

「私もたべたい」

「……それは子爵様のご許可がでてから、ということで……」

　幼女の好奇心をなだめ、俺は三つ目のトマト様を食べきる。

　さすがにおなかいっぱいである。猫の胃袋はもっと小さいイメージだったが、三日の餓えを経て健啖《けんたん》であった。トマト様おいしいからね仕方ないね。

「ところでクラリス様。リルフィ様というのはどんな方なのですか?」

「私の従姉妹《いとこ》で、お父様の姪《めい》。私は『リル姉様』って呼んでるけど、魔導師の素質があって、普段は離れを研究室として使ってるの。とっても物知りで、とっても優しいのよ。ただ……少しだけ人見知りが激しいから、ルークも気を使ってあげてね」

　……猫に気遣いを求めるレベルの人見知りって、本当に「少しだけ」なのだろうか……?

　若干の不安要素を匂わせつつ、クラリス様は大きなお屋敷の前を通り過ぎ、隣接した別の棟へ入っていった。

リーデルハイン邸の母屋《おもや》周辺には、他に五軒ほどの家がある。

たぶん使用人や家臣の住居だったり物置だったり、なんやかんや使いみちがあるのだろう。一見して放置されている家は一つもない。

敷地はやたら広そうだし、別の場所には兵舎なんかもありそうだ。厩舎はぜったいあるはず。ルークお馬さんすき。万馬券とかすごいすき。


リルフィ様とやらの研究室は、割とこぢんまりとした二階建ての一軒家だった。

クラリス様は俺を抱きかかえたままで、金属製のドアノッカーを三回鳴らす。

「リル姉様、入るね」

返事を待たずに、クラリス様は扉を開け、屋内へ踏み込んだ。

「え。いいんですか？」

「リル姉様って、集中している時は誰かが来ても気づかないから。待っていても無駄」

導かれた室内は、なんかいい匂いがした。

こっちの世界のハーブかな？

日頃から香水でも調合しているのか、壁に備え付けの棚には、大量のガラス瓶と調合道具っぽい諸々が収まっている。

「もしかして、香水とか作ってます？」

「交易品。リル姉様の作る香水と魔法水は人気の商品なの。うちの領地は特産品が少ないから」

魔法水ってなんだろう？　ポーション的なモノ？

その質問をする前に、二階から人の気配が降りてきた。


「……あ……クラリス様……え……猫……？」


囁くような小声が、印象的な――

ピンクブロンドで、ポニテの。

儚げな、青く澄んだ眼の。

ものすごい。

美少女が……


え。顔面偏差値高っ！　何者⁉

クラリス様も将来楽しみな感じではあるけれど、なんかもう女神様とゆーか、ちょっと尋常ならざる超絶美少女が目の前に降りてきた。まさに降臨である。

スタイルもすごい。あしながい。ちちでかい。こしほそい。はだつやっつや。ちちでっかい。ほんとでっかい。袖なしのブラウスをこれでもかと押し上げる確かな存在感……

……貴族すげぇ。やっぱアレか。権力者は代々美人を娶《めと》るから、子孫も美形になっていくとゆーアレなのか……

おめめにハイライトがなくて若干ダウナー系な感じだが、そんな佇まいも個人的に加点材料である。けしからん。


びっくりして挨拶すら忘れた俺を抱え直して、クラリス様とリルフィ様が言葉をかわす。

「クラリス様……？　猫を……拾われたのですか……？」

「うん。リル姉様も猫好き？」

リルフィ様が穏やかに微笑む。こうしてみるとちょっと大人っぽい。お年は十八歳から二十歳くらいだろうか。即ち前の世界なら大学生くらいの印象である。

「……そう……ですね……あまり……触ったことはありませんが……」

「ふっかふかだよ。ほら」

「ふふっ……猫ちゃん、びっくりしているみたいですね……今、私が触ろうとしたら、引っかかれてしまいそうです……」

「ルークはそんなことしないから大丈夫。ね、ルーク？」

「も、もちろんですっ！」

リルフィ様が眼をぱちくりとさせた。あ、かわいい。美人さんだけど表情があどけなくてめっちゃかわいい。天使かな？

「……え？　あの……？　クラリス様……？　今の、声は……？」

「ルークは喋れるの。ほら、ルーク。ご挨拶して」

「は、はじめまして、リルフィ様！　私つい先ほど、クラリス様に拾われました、野良猫のルークと申します！　不束者《ふつつかもの》ですがよろしくお願いいたします！」

緊張のあまりなんか間違えたような気もするが、そこは猫なりのご愛嬌というものである。


リルフィ様は停止した。

見開いた眼はまばたきを忘れ、ぽかんとあいた小さなお口は微動だにせず、おっぱいはでかい。あいかわらずすごくでかい。肩幅は細いのに。淫魔《いんま》かな？

そのままたっぷりと、十秒以上が経過した後——


「えっ……と……猫……さん……？」


「ちゃん」から「さん」へと、距離感が適切に遠のいた。

俺はビシッと敬礼を決める。クラリス様に抱っこされている関係でお辞儀はできないが、前足は自由である。

「はっ。ルークと申します。言葉を喋れる以外はただの猫ですが、それでも引っ掻いたり噛み付いたりは決していたしませんので、ご用命がありましたらなんなりと！　……あ、ネズミ捕りは苦手です」

姿が苦手とかではなく、たぶんヤツらの動きの速さに俺はついていけない。所詮、俺ごときはなりたての猫初心者である。愛想の振りまき方すらよくわからぬ。プロの猫には敵わぬのだ。

リルフィ様は後ずさろうとして……階段につまずき、三段目あたりに尻もちをついた。意外とそそっかしいのかもしれない。どじっこ女神かな？

「ク、クラリス、さま？　あの……え？　え？　ねこ？　え？　ねこなんですか、このひと？　ねこ？」

理解した。

リルフィ様は割と常識的な御方らしい。

初手から好奇心全開だったクラリス様や、こんな怪しい野良猫を寛大に受け入れてくださったライゼー子爵のほうが、おそらくこの世界においては少数派である。

特にライゼー子爵には驚かされた。思わぬ傑物……という感想は失礼かもしれないが、正直、あそこまで有能感ある貴族様に、初っ端から出会えるとは思っていなかった。ここまで連れてきてくれた精霊さんに改めて感謝である。

クラリス様が、俺の脇の下を掴んでリルフィ様の眼前に突き出した。

だらんと伸びる胴体。

あ、クラリス様、この持ち方はあんまりよろしくなさそうです。腰にけっこうな負担が来てます。

のびるのびる。のびーる。

……あ、床……ってゆーか階段に足つくわ。

「お父様の許可も貰ったから、ルークはうちで暮らすことになったの。リル姉様も仲良くしてあげてね」

「……あ、あの、ことば、ことば……このねこさん、しゃべ……しゃべって……」

「うん。ルークは賢いの」

「……か、賢い猫って……喋れるんですか……!?」

至極当然なリルフィ様の問いかけに、俺は眼を細めて前足を差し出した。

「信じていただけないとは思いますが、実は私、他の世界から来た猫なんです。あの……その……こちらでは、他の知り合いもいなくて心細いもので……仲良くしていただけると……」

「ふぇっ……!?」

数瞬の間をおいて――

差し出した俺の小さな手が、しなやかな指に包まれた。

「よ、よ、よろしくっ！　おねが……おねがい、しまっ！」

……おや？　リルフィ様、なんかさっきよりおめめがキラキラしてません？

「わ、わぁぁ……逃げない……猫さん……触れてる……あ、あの！　クラリス様、このまま抱っこさせていただいても……？」

「うん、いいよ」

よくない。ヨクナイヨ？　なんか流れ変わってない？　このお姉さん、もしかして……？

「猫さん……ふわあ……猫さんだぁぁ……！」

………抵抗する間もなく、予想以上に、がっちりと全力で抱きしめられた。

その先は当然、先ほどから主張しまくりのあの分厚い、えーと、ホラ……アレである。

やわらかい。すげぇやわらかいしすげぇいい匂いするけどダメだろコレ！

ガチの猫さんならともかく、俺みたいな不純物の塊がこんな超絶爆乳美少女に抱きしめられるとか、前世でいったいどんな功徳《くどく》を……あ、スピード違反の車から猫助けたか。アレか。アレのせいか……功徳すげぇな。釣り合ってないんちゃう？

「ク、クラリス様！　この子、この子、クラリス様のご都合が良い時には、私のほうでお借りしてもいいですか!?　私、猫大好きで……！　でもいつも、逃げられてばっかりで！　逃げない猫さんって初めてで……！」

……あ、うん、たまにいるよね、そういう人……たぶん、テンションあがりすぎて構いすぎて逃げられてるだけだと思うヨ……？　最初、冷静そうに見えたのは、第一印象で逃げられないようにとゆー経験則か……？

ともあれ俺も理性と良識ある大人である。いくら相手が女神様とはいえ、前世の俺よりは年下なわけだし、ここで不埒《ふらち》な欲望に溺れるわけにはいかない。

「あ、あのリルフィ様！　私、一応、オスでして……！」

「はぁぁ……猫さん、かわいい……かわいい……抱きしめても引っかかれない……しゅごい……やわらかい……さらっさらっ……すき……かわいい……」

聞いちゃいねぇ。

ついでに幼児退行してないか？　猫不足にあえぐ猫好きに対して、俺の存在はもしや刺激が強すぎたんじゃないか？

ふと振り向けば、クラリス様は――非常にご機嫌だった。

……これはあれだ。身内に対する「武器」、もしくは「切り札」を手に入れたというお顔だ。

「リル姉様、ルークは必要な時に貸してあげるね。その代わり……私がお父様を説得したい時は、私の味方になってくれる？」

「う、うんっ！　それはもう……！」

……クラリス様に対する「クレバーな印象」は、間違っていなかった。リルフィ様とは違い、この子はただの猫好きではない。猫好きの策士である。将来有望である。

「それでね、お父様がリル姉様を呼んでいるの。敷地の端っこに植えてあったレッドバルーンが、見たことのない植物に変わっていて……ルークがそれを食べていたんだけど、『トマト様』って知ってる？」

うっかりおつけした敬称が定着しそうな勢いです、トマト様。

「トマト様？　それは心当たりがありませんが……レッドバルーンの変異？　ということでしょう

か？」

お、変異という概念はあるのか。

遺伝子とかそういう話ができるくらいに文明が進んでいるとは思えないので、「たまになんか変な実ができる」くらいの感覚だろーな。

「あの、そもそもレッドバルーンって、どういう植物なんでしょうか。絵とかありますか？」

「えっと……それでしたら、実物がここに」

リルフィ様が俺を抱えたまま、戸棚の一隅へ手を伸ばした。そろそろ降ろしていただいてもいいいんですが……あ、まだ逃がさない？　はい。


そして彼女が差し出したのは、からからに乾いた……なんだか見覚えのある植物だった。

ホオズキ……っぽいな、コレ。

ただ、俺の知っているホオズキとは形が違う。よりトマトに近い楕円形で、サイズも大きく、色も赤方向に強い。ここでは染料に使うとゆー話だったし、厳密には違う品種なんだろう。

ただ、外側が薄いガサガサの皮で覆われていて、中身がほぼ空で、中心に小さな実があるという構造的な共通点はある。

そして、遠目に見れば――このサイズ感と色彩は、トマトによく似ている。

同じナス科の植物であり、中心の実は食用には適さないとはいえ、プチトマト感がある。食ったことはないが、前世の世間には食用ホオズキというものもあったらしい。

山を降りてきて空腹だった俺は、これを「トマト」と見誤った。

結果、その実は「トマト」様になった。


……マジか。

いや落ち着け。実験が先だ。

「……あの、すみません。このレッドバルーン、いただいてしまってもいいですか？」

「はい？　ええ、たくさんありますから……どうぞ」

手渡されたホオズキっぽい実を、俺は小さな両手で支えるように持ち――これはトマト、これはトマトと、しばらく念じた。

そして、目を開けると……

レッドバルーンの実は、ずっしりと重く、つややかな光沢を放つ、真っ赤なトマト様へと変貌していたのだった。

7　猫にチョコレートは禁忌

……………

俺の手には、真っ赤に熟した大きく立派な威厳あふれるトマト様――

ルークさん何も見なかった。

これは夢。これは夢。トマト様の重みは夢っぽくないけど、まぁ……食べてしまえば証拠隠滅は容易……

「レ、レッドバルーンの実が……！　変化……した……？」

「ルーク……いま、何したの？」

目撃者がいた⁉　……いやまぁ、当然である。

「え、ええと……あの……今の今まで、無自覚だったんですが……その……魔法？　的なもの……？みたいです？」


超越者さん言ってた。

チートな転生特典として、言語能力、魔法能力、肉体強化、強運に各種耐性――

言語能力はホントだった。肉体強化はよくわからんけど、猫なのに二足歩行ができてる。強運は親切な精霊さんやライゼー子爵という有能お貴族様との出会いによってなんとなく証明された。各種耐性はまだ詳細不明だが、トマト三つ食っても平気な胃袋の猫って割とすごくない？

……この状況で、魔法だけ嘘だったってことはないだろう。

もちろん、「ホオズキをトマトに変えるだけの魔法」なワケがない。

火球を撃ったり空を飛んだりといったゲーム的な魔法ではなかったが、これはむしろ……もっとヤバい系統の、よりファンタジックかつ不可解な「魔法」である。「マジック」より「ミラクル」に近いヤツ。


リルフィ様がきれいなおめめを見開き、かすれそうな声を絞り出した。

「物質変化……？　そんな、まさか……ル、ルークさん？　あの、今のは……!?」

「ス、ストップ！　自分にもよくわかんないです！　元いた世界ではこんなことできなかったので、なんとゆーか、こう……こっちにきて獲得した特殊能力？　的な？」

クラリス様が、細い指先を優雅に顎へ添えた。ううむ、絵になる。

「ルーク、そのトマト様を……ええと、そうね……たとえば、『鳥』に変えられる？」

「え？　鳥……鳥ですか。うーん……」

しばらく念を込めてみた。

――が、特に変化はない。

「無理みたいです。何も起きません」

「それじゃ、元のレッドバルーンには戻せる？」

「試してみます」

しばし経過――

結果は、何も起きなかった。

……ちょっと冷や汗がわく。

「…………も、戻せないっぽいです……」

「じゃ、次はこれね」

クラリス様が近くの棚から一本の薪《たきぎ》を取り出し、机に置いた。

「ルーク、これを鉄の棒に変えられる？」

俺はテーブルの上の薪に前足を添え、念を送る。

んー。んんんんんー……

「…………無理でした」

「それじゃ……ルークの知っている、『木でできている何か』に変えてみて」

「え。急に言われましても……ええと、木、木……」

あ、あれでいいか。鮭をくわえた木彫りの熊さん。

……しかし何も起きなかった！

「うーん……ダメですねぇ」

「あれ？　……それはできると思ったんだけど……あ。じゃあ……食べ物限定で。外見がそれに似ている食べ物って、何か思いつかない？」

ふむ。この薪に近そうな食べ物というと……よし！

……匂いが変わった。

「……まどもわぜる、『ブッシュ・ド・ノエル』でございます」

……できちゃった。

切断した丸太のよーな、割としっかりめの大きなケーキ。

チョコレートクリームたっぷり、スポンジふわふわ、アクセントにイチゴを添えて、チョコレートのプレートには「めりーくりすます」の文字列まで書かれている。

完璧である。

あ、サンタさんのフィギュアはない。

テーブルの上へ直置きになってしまったが、キレイにしてるっぽかったからまぁ大丈夫だろう。

……おや？　クラリス様が呆けてらっしゃる……リルフィ様も無言で固まっていた。

その隙に俺は現状を把握する。

……つまり、あれか。

どうやら「変化させて再現できるもの」は、「俺が前世で飲食したもの」に限られるっぽい。自らの血肉にすることで分析がー、とか物質に関する記憶がー、みたいな感じ？

で、たぶんある程度は見た目も似ていないと難しい感じがする。

実はこの薪をトマト様に変化させられないかと一瞬試したのだが、それはダメだった。

木彫りの熊やレッドバルーンも、食べたことがないから変化させられない。鉄の棒も然りである。

…………あれ？　もしかして、この能力に気づいていれば……山中行軍でも餓えずに済んだのでは？

だって、木なら、周囲に……それこそ、山ほど……

超越者さん。せめて……せめて最初に、能力の説明書か仕様書をいただきたかったです……！

ともあれ動かないお嬢様方お二人を放置して、俺はテーブルから棚へと跳び移り、戸棚からお皿とティーカップを拝借した。

お湯沸かせるかな？　あ、飲んだことあるから、水さえあれば熱い紅茶に変えられるかも。

幸い室内に水瓶があったので、柄杓《ひしゃく》ですくってポットに移し、ポットの中で熱い紅茶に変わったのを確認する。

すげぇなコレ。確かにチートだ。人間であろうと猫であろうと、「食」の保証というのはやはりこの上なく心強い。


無作法を承知で再びテーブルに飛び乗り、フォークを駆使してブッシュ・ド・ノエルを皿に移動。

次いでカップに紅茶を注ぎながら、俺はお嬢様方を肉球で手招きした。

「まぁ、せっかくですんで……その、子爵様には内緒で……食べちゃってもいいんじゃないですかね、コレ」

ケーキや焼き菓子はこの世界にもあるだろう。が、クオリティの差は想像に難くない。

しかも今回再現したブッシュ・ド・ノエルは、ケーキ職人の夢を叶えた高校の先輩から「味見に！」という名目で誕生日にいただいた超自信作であり、そのクオリティはちょっと尋常ではない。

見た目はチョコの丸太であるが、内部にはイチゴを中心とした様々なフルーツがバランス良く配されており、爽やかな後味もあいまってペロリと胃に収まってしまう、それこそ魔法のようなスイーツである。

未知のトマト様にはピンとこなかったであろうクラリスお嬢様も、これを前にしては即堕ちだった。

「……いただきます」

「ク、クラリス様!?　だめですよ、珍しいのはわかりますが、その、あの……も、元は薪ですし

……！　物質変化じゃなくて、幻術の可能性も……！」

リルフィ様が我に返った。が、クラリス様は既にフォークを握り、テーブルへ陣取っている。

一口目は毒味も兼ねてまず俺が……と思っていたが、クラリス様のフォークは即、ケーキに突き刺さっていた。

問答無用で一角を切り崩し、チョコレートクリームとスポンジに隠れた苺、バナナ、キウイ、パイ

ンなどの細切れをあらわにさせる。

リルフィ様が息を飲んだ。

「これは……果物でしょうか……？　見たことのない品種のようですが……」

そしてクラリス様が、フォークに刺したケーキの欠片をおそるおそる口にいれる。

起きた反応は劇的だった。

「……んーーーーっ⁉」

あのクレバーかつ冷静なクラリス様が、青い眼を大きく見開き、口元を押さえ、悶絶しながら歓声をあげてしまう。

「リル姉様！　すごい！　これすっごい！　甘い！　おいしい！　口の中で溶ける！　ふわっふわっ！　姉様も食べて！」

眼はキラキラを通り越して、宝石のようだった。

……いかん。オーバーキルだ。

クラリス様の反応を見る限り、この近隣には生クリームとかスポンジもなさそう。あるいは砂糖が貴重なのかもしれない。

そのあたりはいずれ確認するとして、とりあえず俺も一口。

……うん。うまい。

猫の舌は甘味を感じない、みたいな豆知識を、以前にどこかで見かけたことがある。その真偽は知らないが、少なくとも俺の舌はやはり人間並らしい。ちょっとザラザラしてるけど。

あと猫にチョコレートは禁忌らしいので、今のうちに少し試してみたかった。

コレでダメだったらタマネギ系にも気をつけないといけないが、食した感じでは何ともない。これも「各種耐性」の効果？

時間差で体調が変わる可能性も考慮して、ここは少しにしておこう。ルークさんは自制できる猫さんである。

しばらく戸惑っていたリルフィ様も、クラリス様に促されるまま、遂にフォークをのばした。

恐る恐る、その端整な口元に欠片を運び——

「……っ⁉　ふえっ⁉」

……発育のいい幼女かな？　反応があざとい。

その後の惨状は、もはや語るに及ばない。

フォークが乱舞し、丸々一本のブッシュ・ド・ノエルは、あっという間に二人のお嬢様の胃袋へと収まった。

その後に要求されたのは、もちろん——

「ルーク、同じの、もういっこ」

「ダメです」

断固として突っぱねる。

意地悪ではない。

ショートケーキ一個ならともかく、そこそこでかいブッシュ・ド・ノエルをほぼ二人で山分け……どう考えても糖分と脂肪分のとりすぎである。

「今のお菓子は美味しいですが、食べ過ぎると絶対に太ります。体に悪いとまでは言いませんが、どんな食べ物であっても、一つのものをとりすぎると栄養が偏るものです。クラリス様は成長期！

もっと体にいいものをちゃんと食べていただかないと困りますから、今日はこれ以上はダメです！」

飼い猫にも譲れない一線というものがある。主を甘やかすのがペットの本懐ではあるが、結果として主の健康を害しては本末転倒。ペットたる者、時には心を鬼にして主を諫《いさ》めねばならない。ルークさんは割と意識高い系のペットなのだ。

クラリス様は不満顔……

リルフィ様は理解してくれたようだが、にじみ出る残念感は否めなかった。

「……えっと……あの、こっちのトマト様ならいいですよ？　栄養価高いですし」

「……たべる」

……ルークさんってば、なんだかんだ言って幼女様には甘いから……

おずおずと差し出した赤い実に、クラリス様がかぶりついた。

甘味はもちろんケーキに劣るが、糖度の高い最高級のトマト様である。その爽やかな酸味は後味も抜群だ。ほとんどフルーツと言っても過言ではない。

「……うん。これはこれで……おいしい。ふしぎな味」

もきゅもきゅとトマト様を頬張りながら、クラリス様はご機嫌を直してくれた。

さすがにケーキのインパクトの後では反応が薄い——無念である。トマト様の真価を理解していただくには少し時間がかかりそうだ。まずはお子様相手の鉄板、ミートソースからだな！

「あの、ルークさん……」

リルフィ様が背筋をのばした。

あらわな肩をやや緊張気味にすくめているせいで、両腕に挟まれたアレがものすごい存在感を放っているが、ルークさんは紳士なのであえて眼を逸らす。

俺は猫、俺は猫……欲望に負けてはいけない……にゃーん。

心を落ち着けるため毛繕いを始めた俺に、リルフィ様が囁くような美声をお寄越しになられる。

「……今の『魔法』がどういったものなのか、私にはわかりません。でも、私も一応は魔導師の端くれですので……初歩的な『魔力鑑定』を使えます……もし失礼でなければ、ルークさんの能力を鑑定させていただければ……少しは、何かわかるかも……？」

……ふむ。そんな魔法が。

いろいろ知りたい反面、若干の危険性も感じる。

『別の世界から来た』という事実はもう話してあるからいいとして、元が人間とか、隠しておきたい黒歴史とか、中二病じみた過去とか、そういうものを明かされてしまうのは非常にマズい。何がマズいって、個人的に死にたくなる。

「それは……たとえば、どういったことがわかるんですか？　思い出とか記憶とかも？」

「あ、いえ……そういうものではなく……まずわかるのは、適性ですね。魔法には、地水火風の四大元素を操る属性魔法、思考や感覚に影響を与える精神魔法、信仰心によって聖なる属性を扱う神聖魔法、結界を張ったり亜空間を制御する空間魔法などがあります……これらに対する適性は生まれつきのものなので、これを鑑定した上で、得意な方面の修行を重ねるのが、魔導師の一般的な在り方です……ちなみに大多数の人は、何の適性もありません。ですから、適性が一つでもあれば、魔導師としての修行を勧められます」

つまり適性検査か！

それは今後のためにも、ぜひお願いしておきたい。

「たとえば私は、水属性と神聖魔法に適性があります……火球なども一応は使えますが、得意な属性ではないので、威力はありません。せいぜい薪に火をつけるくらいです……でも水属性の魔法なら……それなりに使えます……神聖魔法のほうは、リーデルハイン家が軍閥なもので、修道院や教会とは少し距離があり、習得が難しいのですが……」

ああ、おうちの政治的な事情で修行しにくい、という話か。

「なるほど、ぜひお願いします。私も自分の適性は知っておきたいので！」

「は、はい。それでは、すぐに準備を――」

何度も頷きながら席を立つリルフィ様は、なんだかとても、楽しそうに見えた。

8 猫の魔力鑑定

リルフィ様がいそいそと隣室……たぶん物置に駆けていった。すげぇ。たゆんたゆんしてる。あんなん初めて見た。そうだ、毛繕いしよう。

邪な意識を逸らすために、ペロペロと手の甲を舐めながら顔を洗って猫ムーブに勤しむ。

猫の体になった直後は慣れなかったが、やはり精神というものは身体に適応していくもののようで、たった数日で無意識のうちに猫っぽい動きが板についてきてしまった。なんというか、本能レベルで落ち着くのである。

人間でいうなら、手櫛《てぐし》で髪をいじったり手で顎を触ったりする感じ？

リルフィ様はすぐに戻ってきた。

俺も毛繕いを切り上げて、テーブルの上に香箱《こうばこ》座りをする。わくわく。

目の前に置かれたのは、8インチタブレットくらいの大きさの黒曜石の石板だった。

周囲は銀細工で縁取られていて、一見して何かの呪具とか祭具を連想させる。少なくとも子供の玩具《おもちゃ》ではない。

「ルークさん、こちらの魔道具はご存知ですか？」

「いえ、初めて見ます」

「これは『魔光鏡《まこうきょう》』といって、魔力に反応して、様々な効果を発揮する道具です。たとえば、『照明』の魔法を使うと、この面が光って周囲を照らせます。『記録』の魔法を使えば、音声や文字などを一時的に保存できます……これらはごく簡単な使い方ですが……他にも、数理魔法による計算、千里眼による地図作成や天候の予測など、扱う魔導師の能力次第で、様々な使い道があります……」

いろんな用途に使える便利道具、ということらしい……なんか「通信機能のないスマホ」って感じかな。いや、もしかしたら遠隔通話機能とかもあるのかもしれないけど。

「これから行う、魔力鑑定の結果も……こちらに表示されます。魔法の才は、我々の魂に神々から贈られた恩恵ですので……基本的には、生まれつきのものです。後天的に才を獲得する例も、ごくごく稀にあるとされますが……その実例も、修行や努力の成果ではなく、神々やそれに類するものと直に接触し、加護を得た場合のみだと聞いています……」

あ。神様の実在が常識レベルなのか。もしや超越者さんのことかな?

精霊さんも実際にいる世界なんだし、そのあたりは予測の範囲内である。

俺も神様的な存在から力をもらったわけで、これがつまりは「後天的に加護を得た」状態なんだろう。

「また、あくまで『才能の有無』を鑑定するだけなので、現時点での練度や力量、才能の限界値まではわかりません……そこはやはり、努力や修行次第、という話になるかと思います……」

丁寧に一生懸命喋るリルフィ様かわいい。初日の教育実習生かな?

「それではルークさん、私の手を握っていただけますか……?」

「えっ……それはちょっと難しいかもです……サイズ的に」

俺は小さな前足を差し出した。

女性とはいえ、人間様の手はそこそこ大きい。猫の前足でこれを握るのは無理がある。指なら辛うじていけるかもしれない。

リルフィ様が赤面して言い直した。

「す、すみません！　私が握りますね。えっと……いいですか?」

「もちろんです！　よろしくお願いします」

うっかり爪を出さないように気をつけよう。猫の手はぐにぐにされると爪がにょっきり出てきてしまう。割と最近実感した。

「わぁ……肉球……わぁぁ……かわいい……わぁ……」

……リルフィ様、そういうのは後でお願いします。

開始まで少し時間はかかったが、鑑定自体はすぐに終わった。もうほんと一瞬だった。

リルフィ様が、左手で俺の前足を掴み、右手で机に置いた黒い石板に触れると——

魔光鏡は「ぽわっ」と淡く光った後、その黒い表面に白い文字を浮かび上がらせた。

そこに表示された内容は……正直、ちょっと眼を疑うものである。

◎　鑑定対象者・ルーク

■　種族・亜神　■

■　適性
・猫魔法　　・神聖魔法　　・暗黒魔法
・全属性耐性　　・精神耐性

■特殊能力
・コピーキャット　・アカシック接続
・獣の王　　　　　・能力錬成
■称号
・奇跡の導き手　・猫を救いし英雄
・風精霊の祝福　・トマトの下僕
・英検三級　　　・うどん打ち名人

……OK。

OK、ちょっと待て。一つ一つツッコミたいのは山々だが、クラリス様とリルフィ様が完全に固まってしまっているので、ここは小粋なナイスジョークとかで場を和《なご》ませる必要がある。

「……にゃーん」

……何も思いつかなかったから鳴いて誤魔化した。毛繕い毛繕い。あ、枝毛。

「……ルークって……神様？」

クラリス様が呆然と呟いた。俺は即座に否定する。

「違います違います。断じてそんな大層な存在ではないです。猫です。ただのかわいそうな迷い猫です」

「……で、でも、確かに……薪をケーキに変えるレベルの物質変化なんて、それこそ神様でもなければ……」

やめてやめてプレッシャーかけないで。違うから。ルークさんただの猫だから！　安住の地が欲しいだけの野良猫だから！

リルフィ様に至ってはふるふる震え始めてしまったが、神様じゃないのに神様扱いは困る。だいたい「亜神」なら厳密には神様ではない。「亜」がついてるし似て非なるものである。人から見たら感覚的には近そうだけど熱帯と亜熱帯くらい違う。……違うよね？

「な、なんかの間違いだと思いますよ？　てゆーか、そもそも『猫魔法』ってなんですか。猫が寄ってくる魔法とか？」

「……それは私も初めて見たので、何もわかりませんが……でもまず、『全属性耐性』というのが尋常ではありませんし、特殊能力や称号なんて普通は一つも持っていません……神聖魔法と暗黒魔法の両方に才があるのも有り得ないですし、私には意味のわからない言葉もいくつか……」

英検三級のことか……あれって転生すると称号になるのか……こうして晒《さら》されるなら頑張って二級

までとっておくんだったな。

とゆーか、俺にもよくわからん言葉が割とある。アカシック接続ってなんぞ？　持ってる本人すらわからない特殊能力って危なくない？

あと、コピーキャットって、確か……『模倣犯』？

……あ！　トマト様爆誕とかブッシュ・ド・ノエル再現ってコレの効果か!?


まだ推論の段階だが、超越者さんは確かにいろいろヤバそうなのを付与してくれていた。だけど「種族・亜神」はやりすぎだろう……現地の方々ドン引きですやん……

「あの……この件、どうかライゼー子爵様にはご内密に……！」

「えっ。で、でも、亜神様となると、あの、私達としても、相応のおもてなしというか、丁重にならないと神罰が怖……！」

「だから何かの間違いなんです！　たぶんこっちの世界に来た時に、こちらの世界の神様が、気を利かせていろいろサービスしてくれたんだと思います。でも私自身は本当にただの猫ですから！」

クラリス様がぽつりと呟く。

「……立って歩いて喋るただの猫……見たこともない野菜とケーキを作り出すただの猫……」

「無理があるなー、とは自分でも思いましたよ！　そこを曲げて！　あえて！　ただの猫としての扱いを希望いたしますっ！」

必死である。

俺はそんなにも安穏たるペットの地位に憧れていたのか……いや違う。神様扱いはさすがに恐れ多いにも程がある。あと分不相応な立場にいきなり祭り上げられるってむっちゃ怖い。

たとえば新入社員をいきなり社長に据える会社は、夜逃げ直前に債権者用のスケープゴートを求めているだけである。

これを異世界転生になぞらえた場合、次にくるのは「魔王を倒して！」とか「世界を守って！」とかそういう無茶振りであり、猫の俺には荷が重い。パンチパーマでサングラスかけた顔に傷ある白い背広のおっちゃんから「亜神サマならそれくらいできるやろ？　なぁ、兄ちゃん？」的な脅迫を受ける展開は本当に勘弁してほしい。

そもそも猫に倒せるのはネズミくらいなものだが、そのネズミすら狩れぬ俺に何をしろというのか。

にゃーん。


「……まあ、ルークがそう言うならいいよ。お父様には黙っておくね」

クラリス様が俺をひょいっと抱えあげ、わしゃわしゃと撫で回してくれた。

これこれ。求めていたのはこういう対応です。

……いや、幼女の抱っこパネェとかじゃなくて、猫らしい扱いって意味で。

「リル姉様も、よく考えて。もしもルークが居心地悪くなって出ていっちゃったら、もうあのケーキ……」

「あっ」

わぁ、即物的《そくぶつてき》ぃー。

しかしクラリス様、それは正しい判断です。さすが貴族かしこい。

リルフィ様が畏《かしこ》まる。

「で、では、あの……私達に至らぬ点がありましたら、何卒《なにとぞ》、その旨《むね》……」

「普通の猫としてテキトーに扱ってくださいお願いします……！」

実験動物は嫌だが御神体扱いも嫌だ。呑気に猫らしい昼寝が許されるちょうどいい塩梅《あんばい》を求めたい！

……しかしコレ、暇を見ていろいろ能力を確認しておかないとマズそうだ。

コピーキャットもヤバそうだけど、「猫魔法」「アカシック接続」「獣の王」「能力錬成」に関しては、もはやどんな効果なのか、字面だけでは判断しにくい。

獣の王、あたりは……もしかして、「超かっこいい虎」に変身できるとか、そんな感じだろーか……？

……うっかりクラリス様達をびっくりさせないように気をつけないとな！（わくわく）

やはりルークさんも男の子であるからして、かわいい猫さんよりもかっこいい虎さんにより憧れてしまう。

現実問題としては、体が大きいと生活はしにくそうだし、人から無闇に怖がられても面倒なので、今の姿はむしろ望むところなわけだけれど――

それはそれとして、「ピンチに虎化！」みたいな展開には変身ヒーロー的な憧れを禁じ得ない。掛け声とか変身ポーズとか考えておくべきだろうか。「獣王転身！　タイガーフォーム！」とかそんな感じの。

……………………結論から言うと、俺のそんなささやかで可愛らしい願望は、約一時間後にあっさりと瓦解《がかい》した。

コレも変身とかどーでもよくなるレベルのヤバい能力だった。

発覚のきっかけは――そう。

リーデルハイン家の先住ペット、「猟犬」の皆様方である――

9　たまには犬もいいよね

リルフィ様を伴い本邸に戻ったクラリス様と俺は、ライゼー子爵にトマト様の有用性を一通り力説した。

既にクラリス様が食べてしまったことは内緒にしつつ、リルフィ様が子爵の前でトマト様を切って内部を観察し、

「構造からしてレッドバルーンの近縁種」

「毒性については、少量ずつ摂取して長期の観察が必要」

「少量を口にいれた感触としては、毒性は感じられない」

「食味は素晴らしい」

と説明し、「有志が少しずつ食べてみて、経過を観察」という無難な結論に落ち着いた。

あと、

「水分が多く、収穫した後は傷みやすいので、数日中に食べないとダメになりますが……」

と恐る恐る告げたら、

「冷蔵庫にいれておけば、多少はもちますか……？」

とか返されてびっくりした。


冷蔵庫あるの!?

……と思ったら、もちろん電気式ではなく、リルフィ様が水属性の魔法で氷を作り出し、それを木製の箱にいれておくとゆー氷式冷蔵庫のことだった。

水属性の才能を持つ魔導師は、けっこうな割合で氷売りを副業にしているらしく、裕福な貴族や商人が得意先になっているとのこと。でもってリーデルハイン家の場合、家族のリルフィ様がこの役目を担っている。

町にも農産品を保管するための共同冷蔵倉庫があり、氷がなくなりそうになると、リルフィ様が出向いて近くの川の水ででっかい氷を作ってくるそーな。

なお屋敷の使用人の方々は、「喋る猫！」にびっくり仰天驚愕瞠目《ぎょうてんきょうがくどうもく》しつつも、ライゼー子爵と使用人のサーシャさんがあらかじめ説明しておいてくれたため、自己紹介の間も割と冷静な反応だった。

そもそもたかが猫一匹である。

これが怪物とか絶世の美男とかそういう外見であればまだしも、黙って道端で欠伸をしていたら誰も気にしないようなただの猫であり、さして珍しいものでもない。

「みんなびっくりしすぎて、口がきけなかっただけだと思う」

なんてクラリス様は仰ったが、またまたご冗談を。

収穫済みトマト様のご寝所が（冷蔵庫に）決まり、屋敷の方々への俺の紹介も終わったところで、ライゼー子爵がちょっと難しい顔に転じた。

「さて、ルーク。使用人達を紹介したわけだが……うちの犬達にも君を紹介しておきたい。我々と一緒にいるところを犬達に印象づけておかないと、その、ただの迷い猫とみなされた場合に……」

……怖っ。

ライゼー子爵の意図を、俺はすぐに理解した。

犬、それも番犬や猟犬といった専門職の犬達は、非常に賢い上に敵や獲物に対して容赦がなく、その戦闘力は猫どころか人間をも圧倒する。

　こちらの世界の犬さん達が前世と同じという保証はないが、ファンタジー感強めな分、よりヤベー奴が出てくる可能性はむしろ高い。

「屋内にいる分には安全だが、庭や畑では、なるべくクラリスかリルフィと一緒に行動するなど、気をつけてもらいたい。うちの犬達は賢いから大丈夫だとは思うが、万が一の事態を避けるためだ」

「よ、よろしくおねがいします……！」

　つまり面通しのご挨拶である。襲われる前にきちんと自己紹介をしておけ、という通過儀礼だが、ここで「餌が来た！」とか思われたら終わる。ライゼー子爵子飼いのお犬様達が、主に似て賢く理知的であることを祈るしかない。

　とはいえ、まぁ……前世では、わんこととの相性は割と良かった気がするし、たぶん大丈夫だろう。


　犬舎と厩舎はお屋敷から程近い敷地内にあった。

　一応、建物は見えていたんだけど、他に納屋とか倉庫とか兵舎まであるので、どれが何のための建物なのか、遠目には判別が難しかったのだ。

　お屋敷の敷地内には、十二匹の犬と十頭の馬がいるという。

　騎士団が使う軍馬や荷運び用の馬は、町や周囲の村々にまだ何百頭だかいるらしく、この敷地内にいるのは基本的にライゼー子爵の乗馬と、家族の馬車を牽《ひ》く見た目のキレイなお馬さん達だけだと聞いた。

何百頭もの馬を養える子爵様の経済力すげぇ！　とか思ったが、よくよく聞けば馬やその他家畜の育成管理は住民にとって税の一種であるらしく、名目上はライゼー子爵の持ち物ではあっても、子爵が自腹を切って養っているわけではないとのこと。そういう仕組みか。

また、この敷地から少し離れた場所には牧場もあり、そこでは鳥、牛、豚、羊といった食用の家畜も育て、住民にも販売していると教えてくれた。

「どこの領地でもそんな感じなんですか？」

「規模や内情には違いがあるが、馬の育成は税の一種としている例が大半だ。牧場については、貴族が関与せず民に経営させ、税を取る形式のほうが多いと思う。ただ、うちのように小さな領地だと領主自らが先導しなければ需給が安定しにくい上、価格の高騰を招きやすい。あとは……険しい山間部などでは、馬の代わりに黒狼《ブラックウルフ》を育てている地域もあるそうだ。残念ながら見たことはないがね」

黒いオオカミさん？　犬より懐くとは考えにくいが、こちらの世界の固有種かもしれない。

とりあえず挨拶する側としては、オオカミさんに比べれば猟犬さんのほうが遥かに気楽だ。

そしてクラリス様に抱っこされて、俺は犬舎の前まで運ばれてきた。

「……やけに静かだな……」

ライゼー様が首を傾げる。

犬舎の隣にはドッグランのよーな、囲いのない芝生の広場があった。

そこに犬達が……やけに綺麗に、横一列に並んで寝そべっている。

いや、寝そべっているとゆーか……いわゆる「伏せ」の姿勢だ。

計十二匹、やや大柄で精悍《せいかん》な、グレートピレニーズっぽい白系のお犬様達が、揃って顎まで芝生につけ、ピタリと静止している。

やがて端の一匹が身を起こし、高々と遠吠えをはじめた。


「ワォーーーーン！　ワォォーーーーーーーーーーーーン！」

（我らが獣王様！　なんなりとご命令を！）


脳裏にイケメン風の美声が聞こえた。

……おう。おう、ちょい待てやコラ。

何してくれてんの？　超越者さん、何してくれてんの？

ダメでしょコレ。誤魔化しきかないヤツやん。そもそもあの子らなんで俺のこと知ってんの？　匂い？　気配？　獣の特性？　「獣の王」ってもしかして完全にそのまんまの意味？　怖っ。王の資質とか血統とかカリスマとか一切ないのに無条件で王様扱いってすごく怖っ。

……ライゼー子爵、愛犬達の異常行動にドン引きである。

「……な、なんだ、これは……？　ルーク、君が何かしたのかね？」


選択肢が現れた。

一、「まさかそんな！　無関係です！」とすっとぼける。
……当然、信じてもらえないからより警戒される。よくない。
二、「実は俺、獣の王様なんスよＨＡＨＡＨＡ」と白状する。
そんなん信じられても困る。かといって嘘つきと思われるのもなんかアレだ。事実なのに。
三、「ルークさんよくわかんない」と泣きをいれる。
…………普段ならコレなんだけど、それで流せる状況とも思えない……
四、事実をまじえつつ、納得してもらえそうな理由をでっち上げる。
……選べる選択肢なんてもうコレしかなかった。がんばる。


「……け、獣同士、歓迎の意を示してくれているみたいです。私からも皆様にご挨拶を返したいので、ちょっと失礼しますね」

うん、嘘はついてない！

クラリス様に下へ降ろしていただき、俺はすたこらさっささと犬達の傍へ駆け寄った。

（さすがは獣王様！　早くもクラリスお嬢様を乗りこなしておられるとは！）

（誤解されそうな言い方やめて！）

とりあえずテレパシー的な感じでお話できそうだったので、にゃーん、と鳴き声で誤魔化しながら、俺は平伏する犬達に話しかけた。

（頭をあげてください！　普通に！　いつも通り普通にリラックスして！　子爵様がびっくりしてる

から！）

（は！　ご命令とあらば！）

犬さん達が一斉に顔をあげた。

一糸乱れぬその統率、さすがは子爵様の愛犬達である。とうの子爵様が固まってるけど。

（……ええとね、一応、『獣の王』ってことになってますけど、俺はそんな大層なものではないので……）

（何をおっしゃいますか！　亜神ともなればこの地上において最上位の存在！　しかもその御方が、古き盟約により『獣の王』として我らの前に姿をお見せくださるとは……我ら一同、これからお仕えできる喜びに打ち震えております！）

うん、しっぽはぶんぶん振り回されてるけどね……

襲われたり餌扱いされるのとは逆方向に、想定外の事態である。割と本気で対応に困る。

「……ルーク……やっぱり……」

「……ルークさん……あの特殊能力って……」

クラリスお嬢様とリルフィ様が、何かを察した顔で遠い眼をしていた。

……事前に鑑定しておいていただけて本当に良かったです……何も知らずにこの状況へ追い込まれていたら胃に穴が開くところでした……

後でじっくり話をさせてもらうことにして、ひとまずわんこ達にはいつも通りの対応を求め、ライゼー子爵とのスキンシップへ向かってもらった。

どうもこの子達の認識では、「ライゼー子爵は主」で間違いないのだが、俺は更にその上の「神」にカテゴライズされたらしい。ほんとやめて。ただの怠惰な野良猫をこれ以上追い詰めないで。


その後、群のリーダー・セシルさんとの会話を通じて得られた大事な情報は以下である。

特殊能力「獣の王」は、毛に覆われた四つ足の獣から、ほぼ無条件で「王」と認められるヤバい能力である。おそらく虫とか魚、亀やトカゲなどには通じない。たぶん竜とかも無理。

効果範囲は不明だが、俺が屋敷を出て犬舎に向かい始めた時点で、犬達は俺の存在に気づいた。「匂いが風に乗ってきた」とのことだったから、嗅覚が発動条件と絡んでいる可能性はあるかもしれない。

訓練された犬達の場合、元から長に対する忠誠心が高いという習性があり、そのため即座に絶大な忠誠を誓われてしまったが、相手次第で効果には多少の強弱があるはずだとのこと。

また、俺と犬達がこうして会話できるのは、「念話」の魔法などではなく、この「獣の王」の効果らしい。

通常、そもそも犬達は言葉など操れない。しかし、俺の持つ「獣の王」のスキルは、犬達の意思を言語化して俺の脳に届けたり、また俺の意思を犬達にわかる形で届けるという、獣同士の思考の翻訳・伝達機能を有しているとのことだった。

（……なんで俺も知らないような能力の詳細を、君らが知っているのかな？）

（創造主から刻まれたルールは、本能レベルで我々に根付いています。逆にいえば、獣の身でありながらそのルールに縛られず、認識すらされていないという事実が、ルーク様がただの獣ではなく『亜神』であることの証明にもなっているのです）

無茶苦茶なこと言い出したぞこの子。

あと犬ってやっぱ賢いんだね……ちょっと賢さの質が常識をぶっちぎってる気がするけど、まぁ俺も猫だしな……

（それと、人間よりも獣のほうがこれらのルールに敏感です。これは創造主が「獣」の姿をしており、人間は世界を進めるための道具に過ぎず、死後はただ消えるだけの下等な生物であるという事実も影響しているかもしれません）

（……あ。やっぱ死後の世界ってないの？）

（人間にはないはずです。我々は肉体が滅んだ後、精神体となって次の世界へ向かいます。が、そちらで修行不足とみなされると、また別の世界に肉体をもって生まれ落ちる羽目になります。かくいう私も、恥ずかしながら記憶にある限りでは、三度ほど出直しになった身でして――）

……ぜったい俺より大物だと思う、このお犬様！

あと創造主って、例の超越者さん達のことだよね……マタタビプリンがどうこうとか言ってたし、やっぱ猫なのかな、あのひと（？）たち――

（ところでルーク様は、これから先、何をなさるおつもりなのですか？　やはり人間共を駆逐し、獣の王国を……）

（やらないです。絶対ダメなヤツでしょ、その発想。共存共栄、平和にのんびりだらだら過ごします）

セシルさんは安堵《あんど》したようにハッハッと息を吐いた。あ、犬の安堵ってそれなん？

（それは何よりです。私も一応、ライゼー様にお仕えする身でもありますので、これまでの御恩を仇で返すような事態は、できれば避けたく――）

（その点は大丈夫だから、やべー思想に走らないようにみんなにも言っておいてね……俺は基本的に、現状維持と平穏無事と自堕落怠惰《じだらくたいだ》の化身なんで）

うむ。俺も一応は亜神様なら、司るのは「怠惰」とかでいいかな……むしろ怠惰の神様とかがいたら弟子入りしよう。

（てゆーか、人間は下等な生物扱いなのに、子爵様のことは主として認めているって、ちょっと矛盾してない？）

（そうですか？　亜神のルーク様も、クラリス様を飼い主として認めておられるようですが……？）

反論できねぇ。

とりあえず脳内会話しながらわんこの背中に乗っけてもらい、だらんと四肢を投げ出し、大欠伸《おおあくび》をかました。

犬の背中はあったかい。ここは快適である。

見た目にもなんかこう、犬と猫で微笑ましいし、何より楽だ。リルフィ様のお胸と違って罪悪感にも苛《さいな》まれない。安心してモフモフに身を委ねられる。

……あ、俺のほうも割とモフモフだったわ。

どっちもモフいから、これは人間では味わえない悦楽ということになる。お茶の間にお届けできないのが残念です。


しかし、『獣の王』かぁ……

もしもあの山中で「落星熊《メテオベアー》」とかにうっかり遭遇していた場合、俺が彼らを率いて人間社会を破壊し、どうぶつ王国を作り上げるルートとかもあったのだろーか……

……たぶん超越者さんは、俺をただ「猫として転生させた」わけじゃなく、この世界に「神様クラスのバケモノを一匹投下してみた」という認識なのではないかと思われる。一種の社会実験か。

……俺は最初から実験動物だったなんてっ……！


己の存在意義への懊悩《おうのう》ごっこをしながら、俺はとりあえず寝転んだお犬様の背中をぐにぐにとうどん生地のように揉みはじめた。あー。心安らぐー。

「……ルーク、仲良くなれたようで何よりだが……やはり君は、ただの猫ではないようだな」

ライゼー子爵は不信感バリバリだが、俺は（眠気のせいで）悠々と応じた。

「獣同士、彼らの言葉がわかるというか、意思疎通ができましたので……人間との便利な通訳として、丁重に迎えていただいたみたいです。彼らは『ライゼー様にお仕えする身として、受けた御恩をこれからも返していく所存である』と、そんなことを言っていました」

少し省いて意訳したが、嘘はついていない。

たちまちライゼー子爵が眼を剥いた。

「犬達の言葉がわかるのか⁉」

「言葉というか、意思ですが……念話？　みたいな感じで会話できました。こちらの群れのリーダー、セシルさんは、特に理知的で賢く義理堅い印象です。子犬の頃に後ろ足を怪我した際、ライゼー様が付きっきりで看病してくださったことを今でも感謝していると……それを伝えてほしいと、頼まれたところです」

「お……おお……」

ライゼー様が感動に打ち震え、セシルさんをぎゅっと抱きしめた。

セシルさんのほうもパタパタとしっぽを振って、とても嬉しげに応じている。

「この際なんで、子爵様になんか言っときたいことない？」って聞いたら、こんな感動的な答えが返ってきた。セシルさんマジ律儀。お犬様のこういうとこってほんと偉いと思う。

一方、猫ときたら目標が現状維持とか平穏無事とか自堕落怠惰とか……お貴族様のペットとして、この意識の低さはどうなのか。いろいろ見習いたい。

いやマジで。できれば。可能な範囲で――うん、気が向いたら……まぁ……適当に？

……こういう易《やす》きに流れるあたりが、俺のダメなところなのだとしみじみ思った。

10 猫の晩ごはん

お犬様達との友好的接触を経て、俺は再びお屋敷へ戻された。

……長い一日であった。

トマト様を食してクラリスお嬢様に拾われ、ライゼー様との邂逅《かいこう》を経てトマト様を食し、薪から変化させたケーキも一口いただいた。

そして猟犬のセシルさん達と交誼を結び、少し休んで、気づけばもう晩ごはんの時間である。

食ってばっかやな。

ぶっちゃけ、「コピーキャット」のおかげで日本で食っていたものはあらかた再現できそうなので、食に対する危機感はもうほとんどないのだけれど、そうは言ってもこちらの世界の晩ごはんは割と気になる。

猫であるからして、クラリス様達と一緒に食卓を囲むというわけにはいかないが、使用人の方々と同じものはいただいてみたい。こっちのものも食えば再現できるようになるかもしれないし、いろいろ試してみる必要がある。

……とか思ってたら、普通にライゼー様達と同じテーブルに席が用意された。子供用の高い椅子で。

え、何？　なんで？　身分的にいいの？　これ許されるの？　平民以下の野良猫っスよ？

「あの、私も一緒の食事っていいんですか？」

「クラリスの客人、という扱いだからな。リルフィからも『そうしたほうがいい』と、珍しく強めに主張された。君には魔導師としての希少な才もあると聞いたし、使用人達と同じようには扱えんよ」

何を当たり前のことを、とでも言いたげに、ライゼー子爵はわざわざ俺用の椅子を引いてくれた。

クラリス様がその座面に俺を乗せ、リルフィ様が椅子の位置を調整してくださる。

「ルーク、手は届く？」

「高さは……ちょうど良さそうですね……」

猫の身では椅子の位置調整すら難しいのは事実なのだが、ちょっと恐れ多すぎない？　この人達、貴族にしては優しすぎない？

――もしかしたら、こちらの世界ではそういう身分的な境界が割と緩いのかもしれない。使用人さん達のライゼー子爵に対する態度も、決して気安いわけではないのだが、丁寧さの中にも親近感がうかがえた。

なんというか、「貴族と使用人」というより、「上司と部下」的な距離感というか……ちょっとくらいの冗談は許される間柄とゆーか。

そうした部分には、地球の歴史とは違う、こちらならではの社会的な伝統とか宗教とかが影響している可能性が高い。やっぱりこちらの一般常識は早めに身につけたほうが良さそうだ。後でリルフィ様に弟子入りをお願いしてみようかな……

子爵家の晩ごはんは、想像よりも質素だった。

薄味で具の少ない野菜スープ、硬めのパンとチーズ、薄切りの獣肉、ヒヨコ豆っぽい豆の煮物。以上。

……俺は内心でほくそ笑む。

ククク……お貴族様でさえ、日常の食卓はこの状況——もはやトマト様無双は時間の問題である。あとの懸念は収穫量だ。レッドバルーンを毎回変化させるのは面倒だし。

とはいえ、夕食は華美さはなくとも、しみじみと美味しかった。

なにせ山での餓えを経て数日ぶりの温かいスープである。塩気と野菜の出汁《だし》も利いていて、なんかもう泣けそうなくらい美味しい……というかまともな家庭料理なんて前世でも滅多に（以下略）

社交界の立食パーティーなどではまた話が別なのだろうが、日常の食事中はあまり会話をしないのがマナーとのことで、俺は静かに存分にこの晩ごはんを味わった。

スプーン、フォーク、ナイフを器用に操る猫が珍しかったのか、クラリス様とリルフィ様はほぼ俺をガン見で、ライゼー子爵もちらちらと俺の様子を気にしていたが、そのせいか「ごちそうさまでした」のご挨拶は俺が一番早かった。

すっかり空になったお皿を見て、ライゼー子爵が小声で呟く。

「……猫の体には少し量が多かったかもしれないと、料理人が気にしていたが……」

「いえ、ちょうどよかったです。たいへん美味でした」

さほど汚れてもいない口元をナプキンでそっと拭い、俺は子爵様の顔をうかがった。

「ライゼー様、私はこちらの流儀に疎《うと》いのですが、先に食事が終わった場合のマナーは、どのようにしたら良いでしょうか？　先に退席すべきなのか、それともこのまま待つべきか……」

「ああ、うちでは気にしなくていい。そのまま待っていてもいいし、退席も別に構わない。かつては『主人が退席するのを待つ』のが作法とされていたが、今それが守られるのは、特別な祭事や儀式の時だけだ」

「ありがとうございます。では、差し支えなければ退席させていただき、料理人の方にいろいろ教えを請えればと……今いただいた夕食の中にも、私の世界にはない食材がいくつか見受けられましたので、気になっていまして」

「ふむ。それなら厨房へ行ってくるといい。サーシャ、案内を頼む」

給仕として控えていた使用人のサーシャさんへ、ライゼー様が指示をした。

サーシャさんは丁寧なお辞儀で応じる。


こちらのメイドさん、見た目は割と大人びているのだが、年齢は十五歳とまだ若く、お屋敷に来てからも日が浅い新米さんらしい。十五歳にしては背が高めなせいもあって、てっきりリルフィ様と同じくらいの年齢かと思っていた。

ちなみにこの屋敷における要人達の年齢は、クラリス様が九歳、リルフィ様が十九歳、ライゼー子爵が三十八歳である。この場にはいないが、王都で寄宿舎つきの学校に通っているご長男、クラリス様の兄君は十五歳だそーな。

　使用人のサーシャさんはこのご長男の幼馴染で、お父上はリーデルハイン騎士団の団長――早い話がコネ就職である。俺はネコ就職……ってごめんなさい聞かなかったことにして。

　領主の屋敷の使用人というのは、花嫁修業としても定番の超人気職であり、基本的に求人などは出されない。人手が足りなくなれば、関係者の親族や知り合いがあっという間に紹介されてくる。

　サーシャさんもその口で、半年前、結婚を機に退職した使用人の代わりにと、父親の騎士団長が連れてきたらしい。


　ペットと使用人という立場の違いこそあるが、新参者同士、ちょっとした親近感がないでもない。

　ついでに、リルフィ様ほどずば抜けた美貌ではないが、顔立ちは前世ならアイドルができそうなくらいかわいいし、何より「いかにも真人間！」という生真面目なオーラが漂っている。こういう子は貴重である。

「それではルーク様、こちらへどうぞ」

　サーシャさんに先導されて、俺はお屋敷の薄暗い廊下を歩きだした。

　明かりはサーシャさんが手にしたランタンのみである。

　その光源は炎ではなく、魔力に反応して光る水晶のような石で、光の質としては白熱電球に近かった。

魔法の才能がなくても、こうした単純な魔道具ならばほとんど誰でも使えるらしい。ただし一応、例外的に使えない人もいる。

前の世界での感覚に照らせば、「自転車に乗れる」くらいのイメージなのかな？　ちょっとだけ試させてもらったが、俺にも普通に使えた。

こうした「魔導師としての才能」をもたない人間にも使えるように作られた魔道具は、需要も大きく、価格もそれなりに高いとのこと。このランタンも貴族や商家では珍しくないが、一般家庭にまではあまり普及していないという。

まぁ、火を使ったただのランタンでも事足りるだろうし……

火事の心配がない、においがしない、という利点と価格とを天秤《てんびん》にかける感じか。

そして俺は、サーシャさんの足元をとてとてと歩きながら、彼女を見上げた。

「あの、サーシャさん。クラリス様みたいに、私のことは『ルーク』と呼び捨てでいいですよ。そもそもただのペットの猫ですし」

「はあ……しかし、『私のペット』ではなく『クラリス様のペット』ですので……やはり、呼び捨てにはできかねます」

真面目だなー。

「……あと、なんというか、こう……ルーク様って、中身は私より年上のような気が……？」

……ですよねー。

いや、そりゃそうだ。実際、俺のほうがかなり年上である。

むしろクラリス様とか、こんな怪しい猫をよく普通にペット扱いしてくれるものだと感心してしまう。将来は大物になりそう。

「でしたらまぁ、呼び方はおまかせします。何分にもこの世界の常識に疎いもので、今後ともご助言いただくことが多いかと思いますが……」

「はい。それはもうなんなりと。旦那様からも、便宜《べんぎ》を図るようにと仰せつかっております」

当面、リルフィ様とサーシャさんが俺の教育係ってことでいいのかな。

ペットとはいえ、働かざる者なんとやらである。

昼寝くらいはさせてもらうとして、お手伝いをこなす程度の甲斐性は必要であろう。「畑の番は不要」とも言われてしまったが、「コピーキャット」を利用した品種改良や農産物の提案など、できることは多いはずである。

……半分以上は自分の食生活充実のためだが。

だって一人で美味しいもの食べるって罪悪感すごいですやん！

ここは共存共栄の精神で、皆々様の食卓にもおいしいものをお届けしたい。しかも新しい作物による農業が軌道にのれば、俺は一層の楽ができる。

そういえば前世での話だが、猫って穀物を荒らすネズミを狩るから、「豊穣の神様」として扱われることもあったらしい。バステト様の御威光《ごいこう》には及ぶべくもないが、俺もこの地で「トマト様の伝道師・ルーク」みたいなカッコイイ二つ名を目指してみたい。

……今の称号はまだ、「トマト（様）の下僕」であるが。

余録2　メイドさんは見た！　戦慄の喋る猫！

サーシャ・グラントリムはリーデルハイン家のメイドである。

邸内のメイドの中ではもっとも年若いが、騎士団長の娘であるため、メイドになる前からたまに屋敷へ出入りをしていた。

つまりメイドとしては新米でも、身内としては古参である。

領主たるライゼーからの信頼も厚く、現在は長女クラリスの世話を主に任されている。

そのクラリスから「猫を拾った」と言われた時——彼女は困惑した。

野良猫はそうやすやすとは人に懐かない。

室内飼いとなれば、トイレの世話、暴走対策、抜け毛、毛玉の嘔吐、その他諸々、相応の手間がかかる。

クラリスにそんな対応ができるはずもなく、負担はサーシャにかかる。それはいい。主人のペットの世話もメイドの仕事だ。

だが、もしもクラリスが、その猫に引っかかれたり噛みつかれたりしたら……その危険性を思うと、手放しには賛同できなかった。

きれいな顔に傷でもつけられたら、将来の縁談などにも支障がでるかもしれない。

だから、クラリスが大事そうに抱えたキジトラを見た時、サーシャはつい眉をひそめてしまった。

「お嬢様、当家で猫を飼うのは――」

――難しい、と言おうとしたのだ。

しかしそれを言う前に、猫と目があった。


「わぁ、メイドさん……!? は、はじめまして！ 私、たった今、クラリス様に拾われました、野良猫のルークと申します！ よろしくお願いいたします！」


……………猫から先に、元気にご挨拶をされてしまった。

「………………………お嬢様。クラリスお嬢様、こちらの方は？」

「ルーク。たった今、そこで拾ったの」

そうそう落ちている類のものではないと思う。


サーシャは深呼吸をして、クラリスに抱えられたキジトラをじっと見つめた。

驚いていないわけではない。むしろ驚きすぎて、どう対応したらいいのかわからない。

「主が喋る猫を拾ってきたらどう対応するべきか」などとは、執事からもメイド長からも習っていない。

指示をくれたのはクラリスだった。

「ルークを紹介したいから、応接室にお父様を呼んできて。その前にお茶もお願い。ルークも飲む？」

「はい！　ありがとうございます！」

「それじゃ、二人分ね」

サーシャは戸惑いつつも、使用人としての大切な確認を忘れなかった。

「……あの、器は……お皿がよろしいでしょうか？　それとも、ティーカップのほうが……？」

「ぜひティーカップで！　お皿だと、すぐに冷めてしまいますから」

猫は肉球を掲げ、愛想よくはきはきと応じた。

果たして肉球でカップの取っ手を掴めるのか。猫舌ではないのか。そもそも紅茶を飲んでも大丈夫なのか――

様々な疑問を無理矢理に飲み込んだ上で、サーシャは一礼した。

「あ、ミルクもありましたら、ぜひ一緒にお願いします。結石予防になるらしいので」

「………………………はい」

健康に気を使う猫というのも初めて見た。

それ以降の記憶は曖昧である。

おそらくいつも通り、冷静に淡々と対応できたはずだが、さすがにライゼーへの報告時には、少しだけ言葉に迷ってしまった。

その猫は今、彼女の足元で、当たり前のように二足歩行をしている。

──正直かわいい。かわいいが、しかし明らかに普通ではない。

「あの、サーシャさん。クラリス様みたいに、私のことは『ルーク』と呼び捨てでいいですよ。そもそもただのペットの猫ですし」

猫はそんな気遣いまで見せたが、無理である。こんな怪しい謎の生命体を、ただの猫扱いなどできるわけがない。

離れに暮らすリルフィの見立てでは、この猫は魔力を持ち合わせているらしく、「くれぐれも失礼のないようにお願いします……」と、こっそり耳打ちまでされた。

つまり「詮索《せんさく》はするな」という意味であろう。貴族に仕える身として、口の堅さは重要な資質である。

だから決して、口外する気はないが──

一つ、どうしても気になることがあった。

厨房までの短い廊下の途中で立ち止まり、サーシャはルークに向き直った。

「……ところで、ルーク様。一つ、おうかがいしてもよろしいですか」

「はい？　なんでしょうか」

猫が無邪気にサーシャを振り仰ぐ。

「…………二本足で立って歩くのって……疲れませんか……？」

「…………これが不思議と……楽なんですよねぇ……」

応じるルークの声も、何故か心底不思議そうだった。

11　猫の行水

ルークさん、厨房へ到着！

廊下は短かったが、サーシャさんとはいー感じにお話しできた気がする。なかなか物怖じしない良い子である。

なにより「職務に対する真面目な姿勢」が、立ち居振る舞いからにじみ出ているのが素晴らしい。

こればかりは教えられて身につくものではないはずで、つまりは生来の性格であろう。

さて、お屋敷の料理人、ヘイゼルさんとロミナさんは、そこそこいいお年の仲睦まじいご夫婦だった。

離れに住み込みで働いており、息子さんは別の町で料理人をやっていて、娘さん二人は商家に嫁ぎ、既に孫もいるとか。

幸いにも猫派であり、喋る俺を珍しがって、とても友好的に接していただいた。

「長生きはするもんだねぇ。こんな不思議な猫ちゃんに会えるなんて」

「ルークさんはあれかい？　苦手な食いもんとかはないのかい？」

……なんというか、雰囲気が「貴族の家の料理人」というより「田舎のお爺ちゃん、お婆ちゃん」である。

まずは美味しいスープのお礼を言って、それからこの世界での調味料や食材について、貴重なお話をうかがった。


まず、塩は庶民も日常的に使っている。何はなくともとりあえずは塩！　ということで、塩さえあれば料理は割とどうにかなる、という認識らしい。海に面した領地ではこれが大きな収益源となっており、輸出も盛んだとか。

生憎とリーデルハイン子爵領は内陸の領地であり、海がないために塩は輸入頼りである。岩塩もなさそう。


砂糖は……ない。

マジかよ。ブッシュ・ド・ノエルとか完全にオーパーツだったのか……

麦芽糖、いわゆる水飴はあるのだが、基本的にはお菓子用であり、日々の料理に使うには勿体ないとか。

ちょっとびっくりしたのは、「あまづら」があるとのこと。

蔦の樹液から採取する甘味料だっけ？　具体的に何の植物だったのかはよく知らんけど、古文の授業とかで出てきた気がする。

翻訳で近い表現になっているだけで、厳密には別物なのだろうが、とりあえず「蔦からとった樹液？　を煮詰めてシロップにする」という点では近いものだと思われる。

これは山持ちの貴族様なら、手間はかかるけど容易に入手可能らしい。ただしあくまで少量。

いや、原料は簡単に採取できても、煮詰める過程でどうしても少量になってしまうのだ、こういうものは。

したがって市場などにはあまり出回らない。

せいぜい誕生日とか来客とかにあわせて調達するくらい。

そして、「蜂蜜」。

これが大問題で、蜂蜜自体は存在するのだが、加熱しても消えない「毒」が混ざっており、飢饉《ききん》などよほどの困窮《こんきゅう》時でもなければ人間は口にしないとのこと。要するに「死を覚悟して食う」レベルのものだ。

聞けばこちらの世界の蜜蜂は結構な毒を持っており、集めた蜜に自らの毒を混ぜてしまう困った習性があるとか。

それらの毒は蜂には無害だが、人には……ということで、なかなか難しい。領地によっては法律で採取が禁止されている。

そりゃ、いくら甘くておいしいからといって毒物を市場に流されてはたまらない。


というわけで、甘味の代表格はなんといっても果物！

それから果物の果肉と果汁を利用したジャム。砂糖がないので麦芽糖で作っており、これらはちょっと高級品のようだが、庶民でもお祝いの時とかに買える程度には流通している。


話を聞きながら、俺は唸ってしまった。

たぶんこの地域一帯には、サトウキビがない。甜菜《てんさい》はわからんが、とりあえず砂糖の製造法が確立されていない。

実はルークさん、サトウキビをそのままかじったこともあるので、もしかしたら再現はできるかもしれない。

が……サトウキビの量産は、さすがにちょっと影響でかすぎる気がする……

悔しいが、砂糖の魔力はトマト様のそれを上回りかねない。アレは一種の戦略物資的なモノであり、扱いを間違えるとガチで戦争が起きる。

そもそも砂糖が世界に広がった背景には、植民地での過酷な奴隷労働があったりと、あの界隈には甘くない話がてんこもりなのだ。

しかも熱帯、亜熱帯の植物であるため、このあたりでの栽培は難しいと思われる。

甜菜糖ならいけそうだが……

よし！　（今はまだ）やめとこう！

後ろ向きに決断したところで、別の作物の話題に移る。


……胡椒《こしょう》もなかった。輸入云々どころか、存在を知られていない。

いや、胡椒は欲しい……胡椒は欲しいよ、塩と胡椒は味付けの救世主やん……

酢……というか、ワインビネガーは普通にある。ただし使用量はあまり多くないようだ。

マヨネーズもある。作り置きはしておらず、使うたびに卵・酢・油を調合している……とゆーか、ワインビネガーの主な用途がマヨネーズ作製らしい。

トマト様がない世界であるからして、ケチャップはもちろんない。

唐辛子はあるのだがこちらも使用量はあまり多くなく、他の香辛料系がほとんどないため、ウスターソースなどもない。

とにかく「まず塩が第一！」というポジション。

あとは俺の知らない調味料がいくつかあり、こちらについては今後、色々と教えてもらおう。


というわけで概ね予想通りだったわけだが、逆に驚きもあった。

「これは知っているかなぁ……塩漬けにした大豆を発酵させた、ショーユソースだ」

料理人のお爺ちゃんが差し出したのは、壺に満たされた懐かしき香りの黒い液体――

醤油あるやん⁉

コピーキャットでいくらでも再現可能とはいえ、これは嬉しい驚きである。

俺以外にも向こうから来た人がいるっぽかったし、ちょっとした希望は持っていたのだが、まさかそのまんまの醤油が出てくるとは思わなかった。

「これは私の国にもあったもので、大好物です！　ちょっと味見させていただいてもいいですか⁉」

「へえ、猫さんの故郷の味かい？　ええと……そのままってのも味気ないな。これでどうかね？」

ヘイゼルさんがフォークに刺してくれたのは、チーズの醤油漬け。

これは前世でも酒のつまみとして人気であった。

醤油の塩気が利いて、チーズの旨味がより強くなる上に、ちょっとスモークチーズっぽい層ができてとても美味しい。

さっそくパクリと一口。

うまー！

濃厚なチーズに醤油の塩気とコク、まさに勝利の方程式である。

「このショーユはね。普段は、野菜や肉を焼いたり炒めたりする時に使うんだ。ルークさんの故郷でもそんな感じかい？」

「はい。だいたいそんな感じでした！」

川魚しかとれない（はずの）このあたりでは、さすがに刺し身につけるという習慣はないだろう。

これはいちいち聞かなくてもわかる。寄生虫こわい。

「あ。でも、醤油があるということは……味噌は⁉　味噌もあったりしますか⁉」

「ミソ？　これかい？」

ヘイゼルさんが取り出した小さな桶の中には、なんと立派な赤味噌が！

これはおそらく、豆麹から作った豆味噌であろう。見事な出来栄えである。

「匂いが強いから、貴族の方々はあまり食べないいんだけれどね。これも肉に塗ったり、あとスープに混ぜたり……」

味噌焼きだ！　味噌汁だ‼

「もちろん煮込み料理にも使うし、ハーブとかを足して焼いて、酒のつまみにする人もいるよ。まぁ、これは少数派かもしれんが」

味噌煮込みだ！　焼き味噌だ！

「ショーユやミソは、主に使用人の賄《まかな》いや兵士連中の食事に使うんだ。少量でも濃い味付けにできるし、うちの領内でも生産しているから、さほど高くもないし――今度、ルークさんも賄いを食べてみるかい？」

「はい、ぜひ！　楽しみにしています！」

ルークさん、大興奮であった。

改めて考察するに。

マヨネーズや醤油については、俺の前にやってきた（猫の姿ではない）異世界人によって製法がもたらされた可能性が高い。ネーミングまで同じなのはさすがに偶然ではなかろう。

しかし、その人らは「コピーキャット」の能力なんて持っておらず、トマト様がなかったためケチャップは作れず、胡椒なども作れなかった。サトウキビも同様である。


——俺、猫の姿ではあるが、能力的にはかなりめちゃくちゃな優遇をされているのでは……？　超越者さん、調整間違えてない？　大丈夫？　実装ミスで後から能力没収とか勘弁っスよ？

とはいえ、その能力に見合うような大それた真似をする気はあんまない。これから始まるトマト様の覇道を見守りたい思いはあるが、『獣の王』とかはさすがに持ち腐れになりそう。


そんな感じで料理人ご夫妻からいろいろ楽しいお話をうかがっていたら、食後のクラリス様とリルフィ様がお迎えにきてくれた。

「サーシャ、お湯をわかして」

「はい、ただいま」

何をするのかと思ったら、お風呂がないから行水をするらしい。

さすがに覗くわけにはいかないので、どっか行こうとしたら捕まった。

「私やリル姉様は後で。まずルークを洗うから」

俺用のお湯でしたか。

そんなことで皆様のお手を煩わせるのは恐縮だったので、俺はぶんぶんと首を横に振る。

「適当な大きさのたらいと水をいただければ、自分でお湯にできます。体も自分で洗えますので、体を拭くためのタオルか手ぬぐいだけ、お借りできればと！」

「え？　でも……その背丈では、竈《かまど》は使えないでしょう」

「竈は使わないです。水さえあれば、魔法っぽい力でお湯にできます」

さっきはただの水を熱い紅茶に変化させられた。水をお湯に変える程度はわけないだろう。

サーシャさんと料理人ご夫妻は眼を丸くしていたが、クラリス様とリルフィ様は納得して、庭先にたらいと水を用意してくれた。

「……ルークさん…これで……大丈夫ですか……？」

「はい！　ありがとうございます！」

おふろおふろ。ルークさんおふろすき。


幸い猫なので、たらいを湯船代わりにして全身で浸かれる。

猫は概ね風呂嫌いらしいが、こちとら生粋の元日本人、一日の疲れは風呂で溶かすものと弁えている。

ただし猫の体はあまり汗腺が発達していないため、熱いお湯は苦手だ。

そのあたりはぬかりなくぬるめにしておき、クラリス様やリルフィ様、使用人の方々が見守る前で、ざんぶと一っ風呂！

浅くて大きめのたらいだったため、手足を伸ばしてだらんと身を横たえる。

ふぃー……生き返るぅー……


露天である。

見上げれば満天の星々。

夜風も心地良い……

思えば遠くへ来たもんだ……


あまりの快適さに目を細め、つい無意識にゴロゴロと喉を鳴らしてしまった。

「…………あ。割と長風呂なので、放置しておいてください。上がったら、たらいは片付けておきます」

「…………なんかおもしろいから、このまま見てる」

クラリス様は近くにしゃがみこんでしまった。リルフィ様もその隣で両膝をつき、びみょーに眼を輝かせて俺を見つめている。

そんなに珍しいか、猫の風呂。

シャンプーとかせっけんは食べたことなかったので「コピーキャット」でも錬成できないが、ぬるま湯に浸かるだけでもだいぶさっぱりした。

「石鹸《せっけん》……使いますか？」

とも、サーシャさんから聞かれたが、なんか毛先がゴワゴワになりそうな気がしたから丁重に辞退した。ていうか人間様用の石鹸をペットごときに使わせるのはマズいのではないか。

あと「汚れたお湯」を「きれいなお湯」に変化させるとゆーステキな小技までも使える俺には、あんまり必要ない。


たらいの中でちゃぷちゃぷと優雅なお風呂タイムを楽しんだ後、湯上がりの俺はクラリス様達から離れて、「ぶるるるるっ！」と全身を震わせた。

なかなかの勢いで水しぶきが周囲に飛び散り、ほぼ水気の切れた体を、用意してもらった手ぬぐいでちゃっちゃと拭いていく。

「いいお湯でしたー。ありがとうございました！」

丁寧にお礼を言う湯上がりの猫一匹。ほっかほかである。

サーシャさんは何か言いたげだったが、ぐっと言葉を飲み込み、たらいをしまってくれた。

自分で片付けるとは言ったが、重いものや大きいものを運ぶのはやはりちょっと苦手だ。怠け者だからではない。人間だって浴槽を抱えるのはなかなか大変であろうし、今の俺は腕（前足）も短く指は肉球である。

たらいの場合はどうにか転がして運べそうだが、人間様にお任せできればそのほうがありがたい。

「あの、ルークさん……ちゃんと、拭きますね……？」

「あ、どーもです！」

拭き残しはないと思うのだが、リルフィ様は俺を抱え込み、手ぬぐいで丹念に体を拭いてくれた。

若干こそばゆい。

あとお胸に埋もれるよーな格好となってしまい、ひじょーに体裁が悪いのだが……頑張って拭いてくれているリルフィ様に申し訳なくて、俺は懸命に邪念を封じ込める。落ち着け。素数だ。素数を数えるんだ。素数とは1とその数以外に約数を持たない自然数。約数ってなんだっけ？　とりあえず、1、3、5、7、9……ただの奇数だなコレ。

リルフィ様のお胸に埋もれた俺を眺めつつ、クラリス様が何やら思案げに、可愛いおててを顎へ添えた。

「…………ねぇ、ルーク。そんな簡単にお湯を沸かせるなら……もしかして、大きな入れ物を用意すれば、私でもルークみたいにお湯につかれる？」

さすがはクラリス様。なかなか良いところにお気づきだ。

お風呂を沸かすというのは本来、大変な労力を伴う。

ただ湯船があればいいというものではなく、大量の水と燃料を効率的に活用し、ちょうどいい温度を保たねばならない。口で言うのは容易《たやす》いが、天然の温泉でも湧いていればともかく、まともな水道もガスもない場所でこれを実現するのはかなりめんどくさい。工業製品として規格化されたボイラーなんかもないだろうし、ほぼ手作りする必要がある。

が。

一番厄介な「温度管理」が一切必要ないなら、話は別だ。

水を貯めるだけでお風呂完成！　となれば、困難度はぐぐっと下がる。

おまけにコピーキャットによる浄水機能つき。

うん、もしも路頭に迷ったら銭湯を開こう。きっと大儲けできる！

「水を貯める場所さえあれば、どこでもお風呂にできると思います。クラリス様には心当たりがお有りですか？」

クラリス様が小さく頷いた。

「棺桶」

「却下です」

縁起でもねぇ！　しかし発想自体はさほど間違ってない。クラリス様かしこい。

リルフィ様がくすりと清楚に微笑む。かわいすぎて発狂しそう。今なら推しに全財産つぎ込んじゃう人の気持ちがわかりゅ……

「……叔父様にお願いして、ちゃんとした湯船を作ってもらいましょうか……簡単なものなら、さほど手間ではないと思います……」

リルフィさまもかしこい。（知能低下中）

要は水の漏れない大きな箱であればいい。今回は特殊な機構も必要ない。一応、水を抜くための栓をつけたり、あとは簡単な排水路も整備したいところだが、そのあたりは別途相談だろうか……

ヒノキ風呂とかは……憧れるけど、メンテも大変そうだしさすがに無理だろーな。

耐久性のある木材の調達が難しいようなら、レンガや石を使うという手もある。ＦＲＰの防水塗装とかはあるわけないが、魔法を使った特殊な防水処理ならあるかもしれない。

何はともあれ、こっちのことはこっちの技術にまず相談だ。

それと一応、設置場所の目星もつけておこう。

クラリス様達が使用するとなれば露天というわけにはいかないし、周囲からも見られないようにしないと。これもまずはライゼー様に相談である。

なんだか微妙にやりたいことが増えてきた気がするが、やはり定住地があるというのは素晴らしい。

山中を彷徨《さまよ》っていた昨夜までとは雲泥《うんでい》の差だ。

ほかほかふわふわになった俺は、再びクラリス様に抱えられ、今日から我が家となるお屋敷の中へ運ばれていった。

12 真夜中の猫

晩ごはんとお風呂が終わり、夜も更けてきた。

山を降りてきて早々、充実した一日になってしまったが、今夜はこれで終わり！　……というわけにはいかなかった。

寝る場所をどうするか。

・ルークさんの意見

「毛布一枚お借りできれば、廊下の隅あたりで丸くなって寝ます」

・クラリス様の意見

「いっしょに寝る。私は飼い主」

・ライゼー様の意見

「……（こんな怪しい獣を）さすがに娘と寝かせるわけには……」

・リルフィ様の意見

「ルークさんには、魔導師としての才能があります……夜はこちらの離れでお預かりして、修行なり学習なりができればと……」

む。これは願ってもないお誘い。

結局、クラリス様が寝つくまでお側に控えておいて、その後はリルフィ様のところで魔法のお勉強、寝る場所はまぁ、猫なんだし日毎夜毎に好きにしたら良いのではなかろうか、ということになった。

そもそも夜行性のはずだし、明日以降は昼寝の機会も確保したいし。

なお、これもリルフィ様のお口添えである。

……「種族・亜神」が効きまくった模様。

クラリス様は冷静そうに見えても意外とはしゃいでいたらしく、ベッドに入ってすぐに眠ってしまわれた。

俺はそろりそろりと忍び足で寝室を出る。

猫の本気の忍び足すげぇ。ほんとに音しねぇ。


リルフィ様のいる離れには、昼間もお邪魔した。

そこでおかしな能力の名称やら称号やらを俺も初めて知ったわけだが、魔導師でもあるリルフィ様は、おそらくそれらをもっと詳しく調べたいのだろう。

俺自身も自分の能力は把握しておきたいから渡りに船である。

「リルフィ様、こんばんはー」

ドアノッカー……には前足が届かないので、爪を使ってカッカッとドアを叩いた。

少し経ってドアが開くと、あのお美しいリルフィ様のお姿が……

……あられもない、お姿が…………

「……あ、ルークさん……どうぞ、お入りください……」

……ニット素材のいわゆるスポーツブラ的なもの＋短パンという、とんでもない軽装でお出迎えいただいた。

白い肌が眩しい。腹筋がきれい。ふともももつやっつや……

ルークさん何も見なかった。

ルークさんは紳士。

ルークさんは猫。

煩悩《ぼんのう》には負けない。

たゆんにも負けない。

負けた場合には再戦を誓う。

たとえそれが、如何なる絶望的な戦いであろうとも……


「……あの？　ルークさん……？　中へ、どうぞ……？」

「ひゃ、ひゃいっ。しつれいしまひゅ！」

噛んだ。

……いやまあ、こちとら猫である。

リルフィ様のこの無防備さは、まぎれもなく「猫扱い」していただいているとゆー証明でもあるし、ぶっちゃけ今の俺に何か不埒な真似ができるはずもないのだが、しかしそれでもなんとゆーかこう……


心臓に悪い。ばっくんばっくん言ってる。

「あ、あのー。リルフィ様……寒くないですか？　上着か何か、着られたほうが……」

「お心遣い、ありがとうございます……でも私、体温が高めで、暑がりなもので……そもそも魔導師は、体内を魔力が循環しているため、体温が高くなりがちなのです……」

あ。ゲームの魔導師キャラに薄着が多いのって、まさかそんな感じの理由？　……いや違うアレはただ単に大人の事情、マーケティングの都合か。

「私は水属性の魔法を使えますから、どうしても暑い時には、魔法で自分の体を冷やせるのですが……火属性の魔法しか使えない方などは、大変ご苦労されているとも聞きます……酷い方になると、自らの熱にあてられて寝たきりになってしまう例もあるとか。そうならないように、魔導師はまず、自身の魔力と体温を制御する方法を学びます。ルークさんは……そのあたりのことは、もうご存知ですか？」

「いいえ。全然まったく知らないです」

暑さ寒さについては、山中行軍の間も含めて、概ね快適な状態が続いている。

久々のお風呂は温かくて超気持ちよかったし、夜風などはちょっと「肌寒いかな」と感じないでもないのだが、少なくとも「体温が高くて暑い！」とか「寒くて寒くて凍えそう！」みたいな感じはまだ経験していなかった。

猫の毛皮効果かとばかり思っていたが、これにももしや「全属性耐性」が影響してたりするのだろーか。

とりあえずリルフィ様のおうちのテーブル上に香箱座りをさせていただいて、俺達は本日のお勉強を始めた。

「ルークさんの場合、才を得ているのは属性魔法などではなく、『猫魔法』という、私の知らない系統の魔法でした……そのため、私の知識がそのまま当てはまるとは到底思えません。ルークさんからのご質問には、可能な限りお答えしますが……『わからない』という答えが多くなることは、どうかご承知ください……」

「はい。で、魔力を制御する方法というのは？」

丸くて柔らかそうなのに圧迫感マシマシの強烈なアレから必死に眼を逸らし、俺はなけなしの演技力を駆使して平静を装う。

一方のリルフィ様は若干おどおどと、それでいて何やら楽しげに講義を続ける。いかがわしいおねショタマンガに出てくる家庭教師のおねーさんかな？

「体温の調節程度なら、無意識にできる方もいますが……まずは瞑想によって、魔力の流れを感知するのが第一歩とされています。そこから先の制御については、地水火風の属性ごとに、あるいは流派などによって、少し違いがありまして……一例になりますが、地属性なら自身の体が岩のように硬くなるイメージ、水属性なら体内を川が流れるイメージ、火属性なら燃え盛る命の炎、風属性なら意識が風に溶けて拡散するように……といった具合に、精神的な修養を行うのですが……ただ……」

「……はい。各種属性ならいざしらず、『猫魔法』じゃ、何をどうイメージしたらいいかわかんないですよね……」

猫どもに囲まれて片っ端からモフり倒すイメージとかでもいいのだろうか……なんか違う気がする。

リルフィ様が申し訳なげに頷いた。

「もちろん、私がただ単に物を知らないだけかもしれません……王都の高名な魔導師などに聞けば、あるいは……」

……望み薄だなー。

むしろ人間よりそこらの猫さんに聞いたほうがいいんじゃねーか、って気さえする。


その後は、リルフィ様と一緒に『コピーキャット』の実験が始まった。

いろいろ試して得られた結論としては、やはりコレは「連想ゲーム」のような仕組みで、なおかつ「俺が飲食したことのあるもの」のみ再現できる能力らしい。

連想のルールは「色、形、名前や由来」などかなり融通が利くようで、少し手順と手間をかければ、記憶にある飲食物はほぼ再現できるんじゃなかろうか、という実感を得た。

例えば薪をブッシュ・ド・ノエルに変えた後、これをケーキつながりで「ショートケーキ」に変化させ、さらにこのショートケーキを「白いもの」つながりでバニラアイス→たきたてごはん→砂糖などにも変化させられた。

砂糖からは→塩→小麦粉と変化させ、さらに「小麦粉でつくるもの」の連想から食パン、さらに「食パンといえばバターだろ！」ということで挑戦したバター化にまで成功した。無茶苦茶である。

ただし「バター→トマト様」みたいな、突拍子もない変化は何故か無理だった。

この場合、バター→ミルク→いちごミルク→苺→トマト、といった具合に、少し段階を踏む必要がある。いやまぁ、コレが成立しちゃう時点でほとんど意味のない制約ではあるんだけど……

薪→ブッシュ・ド・ノエルの時点で大概だったが、つまりこれはもう、工夫次第でほぼ「なんでもあり」といっていい。後は思いつくかどーかの問題だ。

とはいえ、「俺が飲食したことのないもの」はどうにもならないようなので、木彫りの熊とか鉄の棒とかはやっぱり作れない。「いや鉄分とってるし！」とか思わないでもないが、そーいうのはダメらしい。

当然、銃器とか車両もダメである。そこまで無双はさせてくれない。

頑張って前世で軽トラくらい食っておくべきだったか……猫の体じゃ運転できんけど。

あと器もでてこないので、うっかり葡萄をワインとかに錬成すると周囲にぶちまけて酷いことになりそうだ。お部屋を汚さないよーに気をつける必要がある。

そんな楽しい実験が一段落したところで、リルフィ様が呆然と呟いた。

「……ルークさんは……本当に『神様』なんですね……」

「しつこいようですが、神様ではないです。とゆーかむしろ、神様のいたずらとか戯《たわむ》れの産物であろうと思います……」

超越者さん、ぜったいおもしろがって能力くれたよね、コレ……

「あの……ルークさんは何故、この地に降臨なされたのですか？　もっとこう……神殿とか、王都とか、降臨にふさわしい場所があったのではないかとも思うのですが……」

降臨て。

「だから私はただの野良猫です。こちらの領地へお邪魔したのも本当に偶然で、強いて言えばたまたま知り合った風の精霊さんのお導きですね。あの出会いがなかったら、能力にも気づかないまま、山中で野垂れ死んでいたと思います」

リルフィ様が不思議そうな顔をした。

「そういえば、称号の中にも『風精霊の祝福』とありましたが……えっと……本当に、精霊と会話を……？」

「はい。強めの魔力がある人には見えるそーで、運良く助けてもらいました！　こちらに着くまでずっと道案内をしていただいて、本当に命の恩人です。リルフィ様もお知り合いだったりします？　風の精霊さん」

リルフィ様がぶんぶんと首を横に振りつつ、わたわたと両手を動かした。振動でお胸がぶるんぶるん……なんかもうこの子、人前に出したら危ない気がしてきた……大事に閉じ込めとかないと！

……監禁系ヤンデレはこうして生まれるのか。

「まさかそんな！　上位精霊とお話できる魔導師なんて、ごくごく一握りです。たとえば今ご存命の方だと、私が知っている範囲では三人しか……宮廷魔導師のルーシャン様、その愛弟子のアイシャ様、後は……他国の方ですが、現在最強の魔導師と名高いホルト皇国のスイール様とか……」

当たり前だがいずれも存じ上げない。

「他にもいるはずですが、他国の情報はあまり入ってこないので、私が名前を知っている方だとこのくらいで……もちろん、どなたともお会いしたことはありません。精霊と話ができる人材なんて、各国に数人ずつ、いるかいないかだと思います。その気になれば、すぐにも王宮で厚遇してもらえます」

思った以上にレアだった。

風の精霊さん、結構フランクだったし、面倒見も良くて人慣れ（猫慣れ？）た感じだったけど、やはりアレは割と珍しい体験だったらしい……

「ですから、ルーク様……ルークさんの称号にあった、『風精霊の祝福』にも驚きました。『風の精霊に導かれて旅をする』というのは『気ままに旅をする』という意味合いのありふれた慣用句なので、叔父様もその意味で受け取ったのだろうと思いますが……まさか、本物の精霊に会われていたなんて……知ったらきっと、びっくりされると思います」

慣用句！　それは盲点！

……リルフィ様のお目々がキラキラしてるけど、そんな貴重な存在に山歩きの案内をさせてしまったルークさんは、割と今、恐縮気味である。今度会えたらもっとちゃんとお礼言っておこう……

「ところで、『称号』の話が出たついでにうかがいたいんですが……コレ、どういうものなんですかね？　自分で名乗るものでないのはわかるんですが、誰かから与えられるにしても、法則とか条件とかあるのかな、と――あと、何か意味とかあるんですか？」

リルフィ様が困ったように少し眉を歪めた。

表情がえろくて興奮する、とかチラリとでも思ってはいけない。いけない。思考をとめろ。素数だ。素数……99901、99907、99923、99929、99961……だいぶ飛んだな？

「称号については……実は、私達にもよくわかっていません……具体例が少ないのも影響して、まともな研究が進んでいないのです……『霊的な存在からつけられた目印』、という解釈が一般的ですが、そうでないものも多そうで……ルークさんがお持ちの称号は、由来などはわかりますか……？」

「はぁ。まぁ、だいたいは」

「猫を救いし英雄」は、こちらへ転生するきっかけになった交通事故の時のアレで間違いないだろう。

「英検三級」は公益財団法人・日本英語検定協会からいただいたものである。履歴書に堂々と書けるのは二級から……なんていう残酷な一般常識も、この世界ではもはや関係ない。

「うどん打ち名人」は……かつてのバイト先だった手打ちうどん屋で獲得したものかな？　店主さんから「……のれん分けとか目指す？」と、進路を確認される程度には熟達していた。

そして「風精霊の祝福」「トマトの下僕」は言わずもがなだ。

「一個だけ、『奇跡の導き手』とゆーのがよくわかんないんですよね。いつもらったのか、何がきっかけだったのか、さっぱりです」

リルフィ様の手が、ほとんど無意識のよーな動きで俺の背を撫ではじめる。

たった一日ですっかり慣れていただき、喜ばしい限りである。

「その称号は、私も初めて見ました……いえ、ルークさんがお持ちの称号は、『風精霊の祝福』以外、未確認のものばかりと思いますが……」

困惑を招いてしまい恐縮です。でもたぶんそんなに気にするようなものではないです。

……むしろ『トマト（様）の下僕』とか、前例があったらビビる。

「……称号というのは、そもそも珍しいものではありますが……それでも、複数の人間が同じ称号を獲得している例は、それなりにあります……各精霊からの祝福もそうですし、決して唯一無二というわけではありません……師から弟子へと受け継がれる例さえあります……とはいえ、私の持つ資料だけでは、情報の量もたかが知れていますので……」

「いえ、大丈夫です。そんなに気になっているわけでもないですし、こちらの世界へ来た時に、神様から貰ったものかもしれません」

俺の背中を撫でていたリルフィ様の手が、ぴくりと震えて止まった。

「……もしそうだとすると……ただの称号ではなく、神々から付与された『神来《しんらい》の称号』という、格の違うものになります……魔光鏡が発明され、魔力鑑定が普及してからまだ百年ほどですが……それ以前から、精霊やごく一部の魔導師には、人が持つ称号が見えていたそうです。真偽はわかりませんが、その中には、『創世の使者』、『空舞う風神』、『青き大海』といった、神話に登場するものもありまして――もしもそんな称号を持っていた場合には、人智を超えた存在であることの証明ともいえるかもしれません……」

「ないですないです。そーゆー過大評価っぽいのは本当に違います。そんなんじゃないです」

たぶんアレだな！「万馬券があたった」とか、きっとそんな程度のきっかけで獲得した称号。英検三級と大差ない。きっとそう。

リルフィ様の怖い勘違いを速攻で否定し、俺はむにむにと手の甲で顔を洗った。

だからそんな尊敬っぽい眼差しで一介の猫を見つめるのはやめてくださいお願いします……！

そんなこんなでコピーキャットの実験と講義の終了後、深夜でおねむのリルフィ様がちゃんとベッドに入るのを見届けてから、俺は庭先へ出た。

改めて――良い一日であった。

精霊さんとの山歩きも、今にして思えばそれはそれで楽しかったのだが、なんというか「人の中に帰ってこられた」感がやはり嬉しい。猫としてだけど。

第二の人生ならぬ第一の猫生、まずまず順調な感じでスタートできたのではないかと思う。

（なんだかんだ言って……やっぱり超越者さんは、いろいろいい感じにやってくれたんだろーなー……）

細かな部分で問い質《ただ》したいことがないわけではないが、ここまで便利な能力やらお膳立てをしていただいた上で、文句などを言うのはあまりに恩知らずというものである。

遠いお空のどこかにいそうな超越者さん達に向けて、俺はひっそりと肉球をあわせ、感謝の念を送った。

――でも、それがいけなかった。

13 超越者さん再び

「あれ、根来さん？　ずいぶんお早いお戻りですねー」

気づくと白い空間にいた。

目の前には猫。

白い猫。

白い背景に埋没してしまいそうだが、なんか未来的な雰囲気の曲線多めな机に陣取っている。ついでに、周囲にはサイバーっぽく画面だけがいくつも宙に浮いている。

姿は初めて見るが、その声には聞き覚えがあった。

「…………………………超越者さん？」

「はーい。こんにちは。えっと……わ、まだ降りてから四分？　早すぎますよー、根来さん……あ！名前変わってる！　ルークさん？　へー、いいお名前をもらいましたねー。ルーク、チェスの駒だと城、戦車……縦横無尽に戦場を駆け回り、時に王を追い詰める。うん、ぴったりだと思いますよー。あ、でも森の熊さん達と合流して人類を討伐するルートにはいかなかったんですねぇ。そっちが本命だったはずなんですけど」

なんかやべぇこと言ってんぞ、この超越猫《ちょうえつねこ》。悪いほうの予想当たっててドン引きだよ。

「……ええと……なんで俺、ここにいるんですかね……？　たった今、お庭でお星様を眺めていたはずなんですが……」

「え？　だって使ったじゃないですか、『アカシック接続』。両手の肉球をぴったりあわせて、私達に向かってお祈りすると、精神体が飛ばされるってゆー――あれ？　使い方、言ってませんでしたっけ？」

「初めて聞きましたね！」

若干キレ気味の俺。

アカシック接続ってつまりあれか！　超越者さんと俺をつなぐホットラインか！

「いやいや、そんな単純なスキルじゃないですよ？　お祈りが私達宛てだったからここに飛ばされただけで、機能は他にも色々ありますって。最近実用化の目処が立ったばかりの最新技術、転生者ではなんとルークさんが実装第一号です！」

ガチのじっけんどーぶつ！

……あと、普通に頭の中、覗いてくるんスね……

声にしていない思考に返事をされて、ちょっとビビる小心者のルークさん。不用意なことは考えないよーにせねば。

白い超越猫さんはニヤニヤ笑っている。

「アカシック接続とゆースキルは、この空間……つまりみんな大好きアカシックレコード末端への、世界の境界を越える接続パスです。ただしルークさんはまだ権限が低いので、接続はあくまで限定的ですね。それでも人類ごときの叡智《えいち》なんて足元にも及ばない情報の宝庫ですし、ルークさんくらいの頭であんまり深層に触れすぎると発狂しちゃうはずなので、権限が低いのは安全装置だと思ってください」

膨大な情報量に耐えきれず人格崩壊、って、叡智を求めすぎたラスボスにありがちなオチだよね……気をつけよう。

……いやしかし、ルークさんはラスボスではなくただの猫である。ただの猫だっつってんだろ！（逆ギレ）

「ところで、実装第一号とのことですが……やっぱり俺以外にも、何人か送り込んでます？　なんか俺と同じ世界から来た人が、歴史上に何人かいるっぽいんですけど。あ、もちろん人間の姿で」

超越猫さんが可愛らしく首を傾げた。

「えーと、どうですかね。うちの部署は猫主体なので、猫さんとか動物の転生についてはいろんな界隈に割と手配してますけど……あ。レポート見ると、我々とは別ルートからもちょくちょく行ってるっぽいですね。異世界への移動ができる種族って、多元宇宙にはそこそこいるんですよ。組織に属さないフリーの人達もいて、その人達がたまに何かやらかすと、現地の人達から『神様』とか『悪魔』とか『宇宙人』とか、勘違いされたりしてますね」

「ははあ。フリーの人達……？」

「いろいろですよ。うっかり真理に到達して、人間を超えちゃった元魔導師さんとか、何かのきっかけで意志を持っちゃった星とか、あと異世界に渡る習性を獲得した変な生き物とか、そこそこの力を得て自分らを神様と勘違いしちゃった残念な人達とか……私達が種をまいたものもありますが、そーじゃないのが大半です。いやほんと、生き物の進化って面白いですよねぇ」

おっと、マッドサイエンティストみたいなこと言い出したぞ？

「亜神のルークさんもいずれ、そういう存在になっちゃうかもですよ。いま言ったフリーの人達の中でも、アカシック接続ができる存在なんてほんの一握りですから。私達も完全に使いこなしてるわけではないんですけど……あ、ルークさんがもう使用している『コピーキャット』、あれもアカシック接続を利用した能力なんです。今までにルークさんが食べたことのあるもの、肉体が記憶したそのデータを、アカシックレコードから拾ってきて、概念的にそこそこ近い素材を通じて再現するとゆー……使い勝手、どうですか？」

「薪をケーキに変えたりとか、凄すぎて怖いくらいです……副作用とか罠とか回数制限とかないですよね？」

「んー。出てきたものを人間に与えた場合、糖分をとりすぎると太るとか、塩分をとりすぎると高血圧にとか、そういうのはあるかもですね。基本的にはルークさんが食べたことのあるもののデータを、食べる前の形で再現しているだけなので、成分もそのままです。

大きさは結構、融通が利きますが、素材と変換先の大きさがあまりに違いすぎると無理ですね。一粒の大豆をスイカの大きさに！　みたいなことはできませんが、小玉スイカを大玉に、くらいなら問題ないはずです。

あと、回数制限とかはないですが、他の制限は……あ！　植物は生きた状態で再現可能なんですが、動物を生きた状態で再現するのは無理なので、そこは諦めてください。たとえば牛とか鳥とか魚とか、調理前の生肉の状態にはできますが、生きている状態にまでは戻せないのでご注意を。もちろん人間なんて論外です」

……「食って死者蘇生」みたいなヤバい事態は避けられそうで安心した。つか、思いつきもしなかったよそんな使い道！

「このコピーキャットって、要するにアカシック接続を介したクローン技術みたいなものなんですが……一つ、どうしても解決できない問題があってですね。再現の経路に、対象の『思考のノイズ』が混ざった時点で、100％失敗するんです。つまり、たとえわずかでも『脳のある動物』の場合、生きている状態には戻せないとゆーことで。細菌とかウィルスとかミドリムシあたりまではイケるんですが、ダニぐらいの虫になるともうダメでした。これは仕様、あるいは現時点での技術の限界なので、こちらでもどうしようもありません」

「……や。現時点でも充分チートですけどね……？」

「あ、同じ理由で『生きている動物』を素材にすることもできません。つまり『生きた人間をお菓子に変える』とか、そういうこともできません。残念ながら」

残念じゃねぇよ。むしろそれこそ安全装置だよ。仕様に感謝だわ。

「しかし改めて、とんでもない能力ですよね……？」

「まあ、物質界での再現に成功したのは、私達にとってもなかなかの驚きでした。あと他に、初心者向けで使い勝手が良さそうな機能は……あ、コレですね！」

目の前に、いきなり二冊の本があらわれた。

装丁が、なんとゆーか……子供用の絵本っぽい。

「……じんぶつずかん……どうぶつずかん？」

タイトルがひらがなだ。

「これを使えば、ルークさんが出会った人間や動物の、能力とか性格とかいろいろ簡単に調べられますよ。アカシックデータベースのままだと、細胞分裂の状況とか心臓の鼓動のタイミングとか不要な情報量が膨大すぎるので、こちらはあくまで抜粋になっています。この本はルークさんにしか見えないので、他の人に覗かれる心配はありません」

「ほほう？」


開いてみた。

あ、リルフィ様だ。えーと……3サイズ……？　……え？　マジ？　えっ。ちょっ。ええっ!?

……理解した。超越者さん達に「プライバシー」という概念はないっぽい。猫だしな。

あと見やすい能力値も表示されている。どれどれ。

■リルフィ・リーデルハイン（19）人間・メス

体力D　武力E
知力B　魔力B
統率E　精神D
猫力92

■適性■
水属性B　神聖C

……思ったよりいろいろ低め？　成長途上ってことかな？

「いえ、その人は割と高めだと思いますよ。ちなみに大多数の平均値が『D』だと思ってください。厳密な意味での平均ではなくて、むしろ中央値とか、いわゆる『普通』の範囲とでもいったほうがいいかもですが……とにかくDが平均的で大多数のレベル、Eが弱め。Fまで落ちると日常生活に支障がある『寝たきり』とかの状態です。生まれたばかりの赤ん坊も、体力・武力・知力・統率は概ねFになります。で、上のほうは、Cでまぁまぁ、Bで優秀、Aで達人、Sだと神話の英雄クラス、という感じです。A以上は滅多にいませんね」

ふむ。「容姿」って項目があったら、リルフィ様は間違いなくSだろーが、知力や魔力、水属性の適性はB、つまり「優秀」評価ということか。統率が低いのは人見知りのせいかな……

「たとえば武力Aなら『その国で十指に入る強者』とか、『大きな闘技場のトップ3』とか、そんな感じです。ついでに、『武力』はあくまで肉体を駆使した戦闘能力のステータスなので、魔法による攻撃・防御能力の強さは『魔力』の項目に反映されます。

それから適性についてては、メインのステータスと違って種類が膨大なので……『D』以下の場合は、一般レベルとゆーことで省略されています。表記されるのはC以上から。とゆーわけで、知力と魔力がBで、なおかつ適性が二種類もあるのは、人としてはかなり優秀ですよ。猫力《ねこぢから》が非常に高いのもいいですね。MAX100です」

「…………それ、スルーしようかとも思ったんですけど、『猫力』ってなんです？」

「猫に対する忠誠心や好意を数値化したものです。運命点にボーナスがつきます。この数値が低いと惨《むご》たらしい死に方をしちゃったりしやすいので、高いに越したことはないです」

超越猫さん、やりたい放題だな！

ともあれ「できること」として例示されたこの「じんぶつずかん」、リルフィ様が俺に使った「魔力鑑定」と違い、魔力以外の要素も総合的に、しかも評価つきで見られるようだ。

「あ、ルークさんのも見ておきます？　どうぶつずかんのほうに載ってますよ」

「……………はい」

じんぶつずかんに載ってないのが地味にしょっく。

■　ルーク（0）亜神・オス

体力D＋　武力D＋
知力C　魔力S
統率C　精神A
猫力74

■適性■

猫魔法S　神聖S　暗黒S
全属性耐性S　精神耐性S

■特殊能力■

・コピーキャット　・アカシック接続
・獣の王　・能力錬成

■称号■

・奇跡の導き手　・猫を救いし英雄
・風精霊の祝福　・トマトの下僕
・英検三級　・うどん打ち名人

いろいろチートなのは、もう知ってたからいいとして…………俺、0歳児だったのか……

体はたぶん成猫なんだけどな……

「体力武力にプラスがついてますけど、これって『平均よりちょっとマシ』って意味ですか？」

「いいえ。特殊能力の影響などで、大きく変動する可能性がある場合に、『＋』とか『－』がつきます。ルークさんの場合、『獣の王』が真価を発揮した時に、体力と武力がAやSくらいまで跳ね上がるはずです」

む。それは気になる！

「つまり……何かの条件で覚醒したり変身したりとかですか？　たとえば虎になったり？」

「あ、姿は変わらないです。でも種族が『亜神』の獣が『獣の王』を習得していた場合、『激怒』によって『獣神』が発動します。なのでルークさん、怒るとものすごい強くなりますよ！　暴走状態とかバーサーカーとも言いますけど。周囲をガンガン巻き込むので気をつけてくださいね。あたり一帯、血の海です！」

……それは事前に言っておくべきことじゃないかなー、って。

しかし『獣の王』は通常時でもヤバそうなのに、さらにヤバい要素があるのか……

他の記載事項は魔力鑑定の結果と概ね一致していそうだが、精神Aは意外だな……俺のチキンハートはもっと脆《もろ》そうなのに。

「それは『精神耐性S』の影響です。逆に言うと、精神耐性SなのにステータA上の精神はAに下がってしまうくらいのチキンハートって意味ですね！」

ディスられた！

でも納得した！

「仮に『精神耐性S』がなかったら、ルークさんのステータス上の精神はDかCってところでしょう。ステータスは総合力で評価されるので、ちょっと実情にそぐわないこともあるんです。たとえば攻撃系の魔法能力がAクラスでも防御系の魔法能力がDクラスだったりすると、総合的な魔力の評価は間をとって『B』になったりします。そのあたりはステータスだけでなく、ページをめくって生い立ちとか近況とか特徴も確認していけばわかりますよ」

超越者さんが、デスクの湯呑からお茶を飲んで一息ついた。サイバー空間っぽいのに所々がレトロなのは趣味だろーか。

「ルークさんの知力もまさにそれです。貴方は前世の記憶があるので、新しい世界で役立つ知識をたくさん持っている反面、新しい世界での常識をまったく持ち合わせていません。だから総合評価が差し引きでCになっています。これから知識を順調に得ていけば、アカシック接続の影響も込みで、この評価は数年以内にAに変化するでしょう」

なるほど。偏差値50、ただしその実態は英語70、数学30みたいな話か。得意分野と不得意分野の平均値で算出されてしまうなら、このステータスだけを見ていろいろ判断するのは確かに危険だ。

「あとは本来の魔力がS並でも、適性がなくて魔法をほとんど使えないせいでB以下の評価に、なんて例もあります。表示されている評価は、適性を反映させた後の数値なので……ぶっちゃけ、ステータスより適性のほうが大事なんですよ。その点、ルークさんは何も問題ないですね」

適性が大事かー。俺はなんてったって「猫魔法S」だしな！

……………うん。これが大問題である。

「あの、その適性についてなんですが……『猫魔法』ってなんなんでしょう……？　使い方はもちろん、効果も何もさっぱりわからないんですが」

「………えっ⁉　知らないんですか、猫魔法⁉　幼稚園で習いますよね⁉」

超越猫さんがフレーメン反応をした。いやそれ、別にびっくりした時の顔ではないからな？

「習ってないです。そもそも超越者さん達の幼稚園に通ったことがないです」

「えぇー……あっちの世界の人間ってそこまで無知だったんですか……あ、でもルークさんの前世って、魔法とかない劣等宇宙でしたっけ？　近くの恒星が膨張した程度でもあっさり滅んじゃいそうな感じの。じゃあ仕方ないかぁ……」

どんだけ高次元の存在なんだこの猫共。

白い超越猫さんが肉球でポンポンと空中の画面を叩いた。

すると俺の前に説明用の動画が展開される。わぁ、サイバー。縁取りが三毛猫柄でなければ。

「ええと、猫魔法っていうのはですね。あらゆる魔法を猫にイメージ変換することで、魔力効率を最適化しつつ、威力その他のパフォーマンスを爆発的に引き上げる猫専用スキルです。たとえばほら、火球ってあるでしょ？　あの火の玉を猫の形状にすることで、威力を桁違いにした上、追尾能力なんかも付加できます。具体的には魔法を使用する際に、『炎でできた猫』をイメージするんです。他にも氷の猫とか雷の猫とか、バリエーションは自由自在！　ルークさんは更に『能力錬成』のスキルもあるので、慣れていけば新しい猫魔法もどんどん開発できるはずですから、戻ったら試してみるといいですよ」

……ファンシーだな？

いや、展開されてる動画、アニメ絵で炎の猫と氷の猫がじゃれあってたり、やたら可愛いんだけど……そこはかとない狂気も感じる。

「う、うーん……なんとなく、わかりました。また聞きたいことができたら、『アカシック接続』でこちらにお伺いしてもいいですか？」

超越猫さんが不思議そうに首を傾げた。

「それは別にいいですけど……こっちには、あんまり頻繁には来ないほうがいいんじゃないですか？ルークさんのいるあっちとは時間の流れ方がちょっとだけ違うので、ここでの一分は向こうでの一日に相当します。ルークさんがここに来てから、ええと……七分くらい経っているので、向こうではもう一週間経ってますね」

「…………はい？」

……HAHAHA。超越者さんのジョークは心臓に悪い。

ウラシマ効果か竜宮城かわからんが、そんなSFみたいなそんなまさか。

…………え？　は？　うそでしょ？　一週間？　放置？　クラリス様と？　リルフィ様を？　トマト様も？

青ざめた。

毛並みとか一切関係なく真っ青に青ざめた。あまりの恐怖に血の気が引いて、体毛がぶわっと逆立つ。

「かかかかかか帰ります！　すぐ帰ります！　むしろ時間戻して！　つか本体！　俺の本体どーなってるの!?　無事!?」

超越猫さんは、明らかな営業用スマイルを浮かべた。

「意識が精神体になってこちらへ来ている間、肉体のほうはふつーに睡眠状態になってます。あと、時間を戻すのは無理ですね。成功率がバカみたいに低い上に、失敗すると宇宙が一つ丸ごと消し飛んじゃうので、天地創造の時くらいしか許可おりないんですよ。ルークさんのいる宇宙はまだ寿命が確定してないですし、そちらの星の最寄りの恒星もあと二百億年くらいは問題なさそーなので、いま壊しちゃうと始末書面倒なんですよね……」

それが始末書で済むことにびっくりだよ……！

「か、帰る方法教えてください！　時間は戻さなくていいので！　やばい！　やばい！　クラリス様ぜったい泣いちゃってるっ！」

拾ってきたばっかのペットが翌日からいきなり昏睡《こんすい》状態とか、俺でも泣く。いたいけな幼女様のトラウマになるのは勘弁だ！

白い超越猫さんが、俺の背後あたりを爪で指し示した。

気づけばそこにぽっかりと黒い穴が開いている。

「出口はそちらになります。飛び込めばOKです。じゃ、さよーならー。あ、ここシフト勤務なんで、次においでの際は私以外の職員が対応するかもしれません。それではルークさん、引き続き良い猫ライフをー」

「失礼しますッ！」

挨拶もそこそこに、俺はダッシュで黒い穴に飛び込んだ。


すぐさま視界が暗転し、そして……

目覚めた先は、夜だった。

14 猫の目覚め

深夜である。

寒くはない。

俺の体は、ツタ的なもので編まれたオシャレな籠にすっぽり収まっていた。

体の下には羊毛の毛布が敷かれ、体の上にも重くない程度の小さな毛布が掛けられている。

具合の良い寝台を用意してもらってありがたいけれど、籠の外、たらいに置かれた氷漬けのトマト様は何？　供物《くもつ》？　供物なの？

ここはどうやらクラリス様の寝室である。大きめのベッドから、二人分のかわいらしい寝息が聞こえる。

もちろんクラリス様とリルフィ様なのだが、リルフィ様は日頃、離れで寝起きされていたはずだ。

想像するに、「寂しいから一緒に寝て」とか「ルークに何か起きたらすぐわかるように」とか、そういう配慮の結果であろうと思われる。

もそもそと起き上がった俺は、大欠伸を一つ。

七日も寝ていたにしては体に異常をまったく感じないが、爪は伸びている気がする。爪とぎせな。


……うん。爪とぎの前にやることあるよね……

でも寝てるしなー……深夜に起こすのも悪いしなー……

どうしたものかと思案しつつ、俺はとりあえず籠から這い出し、のそのそと窓際に寄ってみた。

夜空にお月さまが見える。

地球のお月さまより大きめで、更に大中小と三つもある。

山でお世話になった精霊さんは、それぞれ「一の月」「二の月」「三の月」と呼んでいたが、一番小さな「三の月」が、だいたい地球で見たお月さまより一回り大きいくらいだ。

最も大きな「一の月」は、初めて見た時にちょっとびっくりした。

夜空に向かって、左右にやや広めのバンザイをした時――その両手の幅が、夜空に浮かんだ月の直径とかなり近い。つまり視界を埋めるほどのバカでかい満月である。

いま見えているのは、そのやたらとでっかい「一の月」。

俺が人狼だったら「わおーん」とか吠えながら獣人化したいくらい見事な満月であるが、生憎とただの猫なので、ぼんやりと見上げるだけだ。

一番大きく見えるこの一の月が、一番この星の近くにあって、実際のサイズでは一番小さいらしい。

もっとも小さく見える三の月が、一番遠くを回る衛星で、実際のサイズは一番大きいとか。

二の月はちょうど真ん中である。

そして、この直近にある「一の月」。

地球の月と違ってクレーター的な模様が一切なく、表面は茹で卵のようにつるん、としている。

……アレたぶん月じゃねーぞ。超越者さんが使ってる宇宙船とか観測装置とか結界とか次元の穴とか、そっち系のオーパーツだと思う……あのサイズの天体があんな間近にあったら、潮汐力《ちょうせきりょく》とかいろいろとんでもないことになってそーだし。

空気がきれいなせいか、他の星々もとても明るい。

昨夜……じゃなくて七日前（推定）に、たらいのお風呂から見上げた夜空もきれいだった。ここではたぶん、雨の日以外はこんなキレイな星空が当たり前なのだろう。

星空を見上げていたら、ふと前世を思い出して、若干ホームシックになりそうになったが……

両親を早くに亡くした俺は、祖父母に育てられた。

その祖父母も四年前と二年前に相次いで亡くなり、家族と呼べる人は向こうにもういない。

お世話になった先輩とか友人とか後輩はいるが、数は多くないし、俺が死んだ直後は泣いてくれたとしても、四十九日の頃にはもう「運の悪いやつだったなぁ……」としんみり思い出話になってそうな間柄である。

だから前世を「懐かしい」とは思うが、「帰りたい」とはあまり思わない。なんかこっちのほうがおもしろそうだし、正直、猫の体も想像以上に居心地が良い。

あとクラリス様もリルフィ様も超かわいいし！　女神様クラスの美人が身近にいるというのは、それだけで生きる活力になる。


あ、そーだ。

ちゃんと使えるかどうかのテストがてら、今のうちに「じんぶつずかん」でクラリス様とライゼー様の情報も確認しておこう。

念じると、俺の手元にぽわっと半透明の本が出てきた。

重さは感じない。俺だけにしか見えないと超越猫さんも言ってたし、これなら誰かに盗まれる心配もないだろう。

ステータスは、確かDが平均ラインで、Cがまあまあ、Bが優秀、Aで達人、Sで英雄級だったっけ。

どれどれ……

■　クラリス・リーデルハイン（9）人間・メス
体力E　武力E
知力C　魔力D
統率C　精神C
猫力81
■適性■
交渉B

■　ライゼー・リーデルハイン（38）人間・オス
体力B　武力B
知力B　魔力D
統率B　精神B
猫力26
■適性■
槍術B　弓術C　商才B　政治B

ほう。

クラリス様の体力武力が低いのは、貴族でお子様という点を考えればまあ妥当《だとう》か。

知力Cは「子供だからまだ知識の絶対量が少ない」というだけで、実質的にはB以上のような気がする。だってクラリス様かしこい。たぶん俺より普通にかしこい。

それと、初めて見る適性がある。

クラリス様の「交渉」、ライゼー子爵の「槍術」「弓術」「商才」「政治」——

ふーむ。

ネーミングも普通だし、「すごく特殊な能力！」というわけではなさそうだが、わざわざ記載があるということは、余人より明確に秀でた部分なのだろう。

ライゼー子爵はステータス自体もなんかすごい。

魔力と弓以外全部Bだから、一見すると器用貧乏のぱっとしないステータスに見えてしまうのだが、Bはあくまで「優秀」という評価である。

リルフィ様も「知力Bと魔力B・水属性B」で、超越者さんから有能認定されていた。つまり一個でもあれば御の字なのだ。

それがたくさん揃っているとゆーことは、つまり「いろいろな才能が高いレベルでまとまっている」という意味であり、総合力が凄い。

他の地方の領主さんも見てみたいものだが、これはもしかして、軍閥のお貴族様としてもかなりの有望株なのでは……？

しかし猫力が低いのは犬派だからか……頑張って仲良くなろう。

ついでにぺらぺらとページをめくり、使用人の方々も確認してみる。

ステータスはだいたいDでたまにCという塩梅だが、使用人の方々は適性に「家事C～B」を多く所持していることが判明した。

たぶんだが、「魔法」系の適性は生まれつき所持していないと伸び率が悪い反面、「武術」や「技術」に関する適性は努力による経験累積型なのではなかろうか。

で、これらの経験累積型の適性は、「じんぶつずかん」には載っているものの、「魔力」ではないため「魔力鑑定」では認識されず、世間の人々はこの適性の存在を自覚していない可能性が高い。クラリス様の「交渉」なんかもそういう類なんだろう。

……この「じんぶつずかん」、第一印象よりもお世話になる機会が多そうだ。

――そして使用人の中に、一人だけ、ちょっとヤバげな人が混ざっていた。

メイドのサーシャさん。

■サーシャ・グラントリム（15）人間・メス

体力B　武力B
知力C　魔力D
統率C　精神B
猫力70

■適性■
拳闘術B　投擲術B　剣術C　家事B

……武闘派戦闘メイドじゃねーか！

いやいやめちゃくちゃ清楚で可愛い感じだったぞ!?

要人の護衛を兼ねるメイドって確かに理想的だけど、サーシャさんがその役割を担っているとは予想外だった。

そういや、ライゼー子爵の腹心たる騎士団長（未登場）の娘さんなんだっけ――

小心者なルークさん、なるべく媚び売っておくことをここに決意。

さて、とりあえずはこんなところか。

なお、「じんぶつずかん」で見られるのは「俺が実際に会った人」だけだ。顔を思い浮かべてページをめくると、その人に関する情報が浮かび上がる、という仕組み。

今回は「能力値を見たい」と思っただけなのでそれしか出てこなかったが、生い立ちとか近況とか、その他の情報にもアクセス可能ではある。

が、特に意味もなくプライバシーを覗き見するのはなんかアレだし、ぶっちゃけ読むのがめんどい。当座は「必要に応じて確認する」という使い方で良かろう。なんでもかんでも知ってる喋る猫とか、相手からしたら気持ち悪いだろうし。

ぱたん、と「じんぶつずかん」を閉じて消し、俺はぼりぼりと腹を掻いた。

その時、囁くような声が聞こえた。

「…………ルーク……さん……？」

か細く震えるウィスパーボイス――

俺はびくりとしっぽを震わせる。

「ど、どうも、リルフィ様……！　おはようございます……？」

振り返ると、月光に照らされた寝台の上で、リルフィ様が呆然と眼を見開いていた。

ニットっぽいブラに短パンという、寝間着にしてもちょっとエロすぎやしないかと不安になってしまう例のお姿であるが、今だけは見惚れる以前に冷や汗がダラダラと湧いてしまう。主に肉球部分に。

「こ、このたびは、ちょっとだけ寝過ごしてしまいまして……！」

「……ルークさん！」

リルフィ様はベッドから落ちるようにして、いきなり飛びついてきた。

「ル、ルークさん……！　ルークさぁぁん……！」

……大粒の涙がぽろぽろぽろぽろ……完全に泣かれてしまった。

お胸に埋もれ、両腕でがっちりと抱きしめられつつ、俺は必死でなだめにかかる。

「す、すみません！　あの、実はちょっと知り合いの神様にですね……！」

「よ、よかっ……眼が、覚め……！　ずっと……ずっと、起きなくて、寝たまま、で……ひぐっ……えぐっ……！」

ええ……ボロ泣きですやん……

クラリス様に泣かれるのは覚悟してたけど、リルフィ様にこんな泣かれるとは思っていなかった。

気づけばそのクラリス様も、寝台に半身を起こし、こちらへ大人びた微笑を向けておられる。

「……おはよ、ルーク」

「は、はい。おはようございます……」

俺を抱えて咽《むせ》び泣くリルフィ様を眺め、クラリス様はどことなく呆れ顔。

「リル姉様、だから言ったでしょ？　ルークは神様なんだから、人間より睡眠時間が長くても不思議じゃない、って。そんなに心配しなくても、じきに眼を覚ますから大丈夫、って」

「……だ、だって……だってぇ……！」

リルフィ様、もはや泣き声で言葉にならない……

しまった、トラウマ負ったのはクラリス様じゃなくてリルフィ様のほうだった！

よくよく考えたらクラリス様は精神C、リルフィ様は精神D、猫力もリルフィ様のほうが高い。初日のやりとりを見てもクラリス様のほうが一枚上手な感があったし、これは完全に俺の読み違えである。

この寝室で一緒に寝ていたのも、おそらくクラリス様が「寂しいから一緒に寝て」と言ったわけではなく、リルフィ様が（以下略）

……結局、リルフィ様が完全に泣き止むまで、一時間くらいかかった。

なんかもうほんと申し訳ない……

15　猫の夜明け

「……とまぁ、そんな感じで、神様と七分くらいお話をしていたら、その間にこっちでは七日も経っていたとゆー次第です……」

クラリス様のベッドの上で正座し、俺はこのたびの事情をお二人に説明し終えた。

超越猫さんについては、もういろいろ割愛して「神様」ということにした。猫の姿ではあったが、アレはほぼ間違いなくそういう存在だ。

リルフィ様はぐしぐしとタオルで顔をおさえている。泣き顔までやたら可愛いって反則だと思う。

クラリス様は俺を抱えて、背後から俺の耳をぴこぴこと押したり戻したりして遊んでいる。

あ、話の内容には興味なさげ？

「……でも、ルーク。その神様って、何のためにルークにそんな力をくれたの？」

訂正、聞いてくれてた。クラリス様かしこい。

「推測ですが、『実験』かなぁ、と……俺がここで何をするか、あるいはどう扱われるのかとか、そういう諸々を観察した上で……」

観察してどーするんだろ？　あんな高次元の存在が、下界に干渉して何かメリットがあるとも思えない。

「観察した上で……暇潰しのネタにする、とかですかね……？」

流れでつい適当なことを言ってしまったが、案外、当たってるかもしれない。なんでもかんでもできちゃう存在って、逆に退屈なんじゃなかろうか。

つまり俺の動向は超越者さん達の娯楽である可能性が……なんて言い出すのは、ちょっとひねくれてる？

クラリス様が俺を抱え直し、喉の下を撫でまわす。ごろごろごろ。む。自然に喉が鳴ってしまう。

「……私はね。神様って、よくも悪くも『贈り物』が好きなんだと思うの。ルークに力をくれたのもそうだし、私達にルークをくれたのもそう。だけど……贈り物って、だいたいは『あげること』自体が目的だから、その後、どうなっても別にいいんじゃないかな？　もちろん、大事にしてもらえれば嬉しいだろうけれど、それだけ。だから……ルークは、自由に、好きなように、気ままに過ごしていいんだと思うよ」

クラリス様ほんとかしこい……優しい……尊い……

そのお言葉に感激しつつ、さて、俺はここで何をしたいのか、何をすべきなのかと考え込んでしまう。

さしあたって飼い主たるクラリス様、及びリーデルハイン家のお役に立ちつつ、トマト様の覇道をお手伝いし、好き勝手に思うさま昼寝ができる状況を作りたい。

猫としての寿命がこれから何年あるのかわからないが——というか、そもそも「亜神」だから寿命も違っていそうだが、せっかくもらった二つ目の命だ。のんびりぼちぼち、悔いのない猫生を送りたいものである。

その後、「心配させたお詫びに」ということで、案の定、ブッシュ・ド・ノエルを要求された。

しかし真夜中、しかも寝起きにそれはサイズ的にも重かろうということで、苺とブルーベリー、生クリーム、バニラアイスを載せた温かいワッフルをご用意させていただくことに。

変換経路は俺にお供えしてあった氷漬けのトマト様↓赤いもの＋植物つながりで苺↓ストロベリーワッフルという具合である。

……ほんと無茶苦茶だな、この能力。もはやバグ技だ。

しかしトマト様↓赤いものつながりでストロベリーワッフル、というワンステップでの錬成は、やっぱりできなかった。結果は同じでもきちんと段階を踏む必要があるらしい。釈然としねぇ。

「んーーーーーーっ⁉　おいしいいいいーーーーっ！」

クラリス様、この時ばかりは年相応に微笑ましい御反応。

ルークさん、前世では甘党であった。予算の都合でコンビニスイーツが多めではあったが、先輩のケーキ屋のメニューは制覇していたし、たまの贅沢とゆーことで専門店のスイーツもいろいろと堪能してきた。

このストロベリーワッフルも絶品である。

さっくりとした生地に甘酸っぱい乱切りイチゴをたっぷりとあしらい、甘さ控えめの生クリームでフルーツの甘さと香りを引き立たせ、濃厚なバニラアイスによる満足感と清涼感をも……まぁ要するに、とてもおいしい。

リルフィ様にもようやく笑顔が戻った。守りたいこの笑顔。監禁して守らなきゃ！

……ヤンデレごっこはさておき、リルフィ様への精神的ケアは今後も必要と思われる……ペットの昏睡七日間は堪《こた》えたようで、今もまだハイライトさんがちょっと足りてない。ちょっとね。ちょっとだけね。闇堕《やみお》ちとかはしてないヨ。たぶん……

なにせ顔がいいから「怖い」よりも「可愛い」が圧倒的に勝ってしまうが、顔色だけを読むと、ルークさんのヤンデレーダーに「ぴぴぴ」と微反応がある感じ。

……思えば前世では、このレーダーに命を救われたことがある。「好意を向けられた」とかじゃなくて「邪魔者と認定された」ほうの危機……

人の恋路を邪魔してはいけない。しかしヤンデレに狙われた友人を見捨てることもできなかったあのジレンマ……いや、そんな過去はどーでもいい。過ぎたことだ忘れよう。毛繕い毛繕い。

スイーツを食べているうちに、空が明るくなってきた。

どうやら俺が起きたのも、深夜というより夜明けが近い頃合いだったらしい。朝ごはんに備え、小さめのワッフルにしておいて良かった。

「今回は、ライゼー様にもご心配をおかけしてしまいましたよね……」

バニラアイスを舐めながら、俺が確認のためにそんなことを言うと、クラリス様は即座に首を横に振った。

え？　全然心配してもらってない？　それはそれでちょっと悲しい……

「お父様はルークが来た次の日に、親しくしている伯爵家の領地へ、交易のお話をしにいったの。片道二日、往復で四日、滞在三日前後の予定だから、今日か明日ぐらいに帰ってくると思う。だからルークがずっと寝ていたこともまだ知らないよ」

わぁ、ベストタイミング！

聞けばライゼー子爵、割と屋敷を留守にする機会が多いらしい。

領主自らが動き回ってどうなのかとも思ったが、両親は既に亡く、ご兄弟も不慮の事故や疫病で亡くなっているため、実務面で頼れる近い親戚があまりいないのだろう。というか、その人達が生きていたらライゼー様が爵位を継ぐこともなかったはず。

なんでもリーデルハイン子爵領に限らず、このあたり一帯では十数年前に厄介な疫病が蔓延《まんえん》し、老若男女問わず人口が大きく減ってしまったらしい。

商家へ養子に出されていたライゼー様が呼び戻された時、その父親たる先代の子爵様も虫の息で、危ういところでお家断絶を免れたそうな。

リルフィ様のご両親やご兄弟もその頃に亡くなっており、場合によってはリルフィ様が婿をとって、その婿に家を継がせるなんて案もあったとか。でも……十数年前のリルフィ様って、今のクラリス様より年下？

さすがにそれはちょっと。

ということでライゼー様の復帰は皆に喜ばれ、幼かった当時のリルフィ様も一安心、クラリス様がお生まれになったのはその後、という流れである。

なお、ライゼー子爵の御長男、クロード様は、王都で全寮制の士官学校に通われている。

別に軍に入るわけではなかろうが、将来的にはそのクロード様がライゼー子爵の後を継ぎ、この領地の兵を率いる立場になるわけで、貴族の子弟にとって用兵学は必修なのだろう。俺もお会いできたらきちんとペットとして恥じぬご挨拶をしなければ。

ちなみに、まだ会ってないから「じんぶつずかん」で見ることはできない。


……………うん。一人、足りない。ここまでご家庭の事情をいろいろ聞いてきたけど、一人、決定的に足りていないピースがある。

クラリス様のお母様。

つまりライゼー子爵の奥さんについてだ。

屋敷内にいる気配がなく、夕食の席にも不在だったため、疫病などでお亡くなりになったのかと思い、聞くに聞けずにいた。

が、なんとご存命とのこと。

しかし病にかかっており、今は少し離れた場所で静養中らしい。

家族にうつさぬように、という配慮だろうが、クラリス様は当然寂しい。そんな矢先に俺登場！

ということで、こうしてペットにしていただいた。

「……お母様のご病気が治ったら、ルークにも紹介するね」

「はい！　楽しみにしています」

……そうは応えたが、クラリス様の顔色はあまり芳《かんば》しくない。

どうやらお加減はよろしくないらしい。

うーむ……何かできることはないものか……

そんな思案をしながら、俺はリルフィ様とクラリス様にモフられるがまま、ストロベリーワッフルを堪能《たんのう》したのだった。

余録3　クラリスの拾いもの

リーデルハイン邸の庭先には、あまり野良猫がやってこない。

敷地内に十二匹もの狩猟犬がいるため、当然といえば当然ではある。そもそも町にも飼い猫ばかりで、野良は少ない。たまに発生したとしてもすぐに拾われてしまうし、あるいは複数の家を渡り歩いて気ままに生活する浮気性な地域猫になってしまう。

彼らは分類としては野良ということになるのだろうが、見方によっては、複数の飼い主を持つ――もとい、複数の下僕を持つ上位の猫ともいえる。実際、餌をもらう回数が多いためか概ね巨体で、態度もふてぶてしい。

田舎のリーデルハイン領では農業が主要産業であり、倉の穀物をねずみから守るため、町でも猫が大事にされてきたという歴史的な経緯もある。

だからクラリスが、自邸のレッドバルーン畑で、初めて『ルーク』を見つけた時――

彼女はまず「猫がここへ迷い込んできたこと」自体に驚いた。

次いで、その猫が後ろ足で立ち、前足でもぎ取った見知らぬ真っ赤な実を美味しそうにかじる姿を見て、さらに驚いた。

しかも喋った。


「ふー……どれ、もう一個」


もはやクラリスは言葉もなく、その奇妙な猫（？）が二個目の実を平らげる様子を、ただただただじっと見つめ続けていた。

それがクラリスとルークの出会いとなった。

結果として、クラリスはルークを拾うことに決めた。

珍しいから。それも理由の一つではある。

かわいいから。これは無視できない大きな動機である。

なんかおもしろそうだったから。好奇心は大事だ。

ただ――彼を保護すると決めた最も大きな理由は、「猫の眼が、なんだかやけに寂しそうに見えたから」だった。

あるいはそれは、単なる不安や恐怖の色だったのかもしれないが、いずれにせよクラリスは「ほうっておけない」と感じた。

だから、抱え上げて、名前をつけて、家族にすると決めた。

その正体が亜神だったことには驚いたが、立場は関係ない。人も神様も、独りは寂しい――そういうものだろうと思う。


保護した翌日から、ルークは一週間の眠りについてしまった。

従姉妹のリルフィは動揺しきりだったが、クラリスとしては、ルークの油断しきった寝姿にほんの少しだけ安堵もした。

『ここは安心して、ゆっくりと眠れる場所』――ルークにそう思ってもらえたのなら、クラリスとしてはそれでいい。

実際には、やむにやまれぬ突発的な事情があったようだが、これから先、この屋敷を『自分の家』と思ってもらえるなら、拾った甲斐があったというものである。


ストロベリーワッフルという謎のお菓子を食べ終えた後、クラリスはルークを抱きかかえたまま、ごろんとベッドに転がった。

ルークも腹が膨れたのか、満足げに眼を細めている。

体の上に乗せると少々重いが、柔らかくて温かい。

彼の耳元に、クラリスはそっと囁いた。

「……ルーク、心配したんだよ？」

「……はい……本当にすみませんでした」

「特にリル姉様が」

「……たいへん申し訳ございませんでしたッッ!!」

びくりと身を震わせて、ルークの声が高くなる。

どうやらリルフィの泣き顔が相当に堪えたらしい。

ルークという猫は、基本的に「優しい」のだ。

「ク、クラリス様……！　ルークさんも、そんな反応をしなくても……！」

泣き顔をからかわれたとでも思ったのか、リルフィが頬を染め、あたふたと困った顔に転じてしまう。

くすりと笑って、クラリスは寝転んだまま、敬愛する従姉妹を見上げた。

「朝になっちゃったけど、ベッドの中のほうがあったかいよ。リル姉様も、もう少し一緒に寝よ？」

「……そう、ですね……では、私も――」

すぐ隣にリルフィも寄り添い、二人と一匹は同じ毛布にくるまった。

たまに香水を調合しているリルフィからは、落ち着く心地良い匂いがする。

加えて体温が高いために温かく、ここ数日は快適だった。

明日からはまた、それぞれ独り寝になる。

ルークが起きてくれたことは嬉しいが、それだけは少し寂しい。

既に夜は明けているが、起床の時間には少し早い。

いずれメイドのサーシャが起こしに来る。

それまで、もう少しの間――クラリス・リーデルハインは、この温もりにひたっていたかった。

16 鹿肉おいしいです

その日の夕刻。

ライゼー子爵が、旅先からお屋敷へ帰っていらした。

「留守中、何か変わったことはなかったか」

「ルーク様がずっと眠っていました」

という、サーシャさんとのやりとりはあったようだが、「猫ならほとんどの時間を寝て過ごすのは当たり前だろう」と、お笑いになったそうである。

……うん。丸々七日も昏睡状態だったとはまさか思わないよね……

そして夕食の席で、初めて会う人がいた。

「ルーク、こちらは私の古くからの友人で、今はうちの騎士団長を務めている『ヨルダリウス・グラントリム』だ。今回の旅の間も、私の護衛として同行してくれていた」

「ヨルダでいい。よろしくな、猫殿」

ニヤリと片目を瞑《つむ》って気さくにご挨拶してくれたのは、黒髪のがっちりとした偉丈夫《いじょうぶ》だった。日焼けした精悍《せいかん》な面立ちには、歴戦の強者感が色濃く漂っている。

ライゼー様がインテリナイスミドルだとすれば、こちらはワイルドナイスミドルだ。舌噛みそう。

「よろしくお願いいたします、ヨルダ様。クラリス様のペット、ルークです。お噂はかねがね……」

こちらも一礼してご挨拶を返すと、ヨルダ様は目を丸くして、その後に大声で笑い出した。

「ライゼー、まじかよ！　こいつはすごい、本当に喋ったぞ！　しかも理知的な声だ！　……いや、失礼、失礼。信じていなかったわけじゃないんだが、話に聞くのと実際に見るのとでは、やはり大違いでな。ルーク殿、気を悪くしないでくれ」

「あ、はい。むしろお心遣《こころづか》い恐縮です」

……子爵様を呼び捨て……？

昔からの友人とのことだが、やはりこの世界、貴族の階級はあまり絶対的なものではなさそうである。より上の伯爵や侯爵だとまた話は違う、なんて可能性もあるけど。

豪快な雰囲気に気圧《けお》されつつ、俺はそっと『じんぶつずかん』を広げた。他の人には見えないから、ちょっと視線が泳いでいるようにしか思われないだろう。

さて、この領地の騎士団長、ヨルダ様の能力値は……

■ ヨルダリウス・グラントリム（39）人間・オス
体力A　武力A
知力C　魔力D
統率B　精神B
猫力54
■適性■
剣術A　槍術A　馬術B　弓術B　生存術B
■称号■
・隊商の守護騎士

A‼

Aがきた‼

すなわち「達人」である。しかも俺以外では初めて見る『称号』まで持っている。「まじかよ」とはこちらの台詞だ。

メイドのサーシャさんも十五歳とは思えぬ有能ステータスだったし、その父親ならさぞかし……という期待はあったが、これはライゼー様が重用《ちょうよう》するのも納得の逸材《いつざい》である。

ささっと一瞬で「じんぶつずかん」を閉じ、俺は改めてヨルダ様を見上げた。

意識して見ればなるほど、立ち居振る舞いに隙がない……と、思う。や、別に隙を察知するような眼力は持ち合わせてないけど、それでもなんかこう「あ、このひとつよそう！」くらいはわかる。

「いずれ家内にも引き合わせたいな。うちの家内は猫好きなんだ。今は留守だが、町で織物の工房をやっているから、もし行く機会があったらそのうち顔を出してやってくれ」

「はい。ぜひご挨拶させていただきます。ところで……ライゼー様とはかなり親しげなご様子ですが、もしや御学友だったとか……？」

ライゼー子爵が苦笑いをして、掌《てのひら》をぱたぱたと打ち振った。

「いやいや。私は商家へ養子に出されていたから、士官学校などにも行っていない。ヨルダは昔、隊商の護衛として雇っていたんだが、あまりに腕が立つものだから、私が子爵位を継いだ時に士官として引き抜いた。疫病のせいで壊滅状態だった当時の騎士団を立て直してくれた功労者で、年は近いが私の武芸の師でもある」

あ。ライゼー様の槍術B、弓術Cってこの人の影響か！

「ついでに言うと、商家にいた頃に義兄弟の盃《さかずき》をかわした仲でね。あの頃はまさか、自分が子爵家を継ぐ羽目になるなどとは思ってもいなかったが……」

「俺だってびっくりだ。『これで将来は商家の用心棒として、のんびり気ままに過ごせる』とか油断していたら、何の因果か今や激務の騎士団長だぜ。ま、おかげで『喋る猫』なんていう面白い知り合いもできたし、文句はないがね」

呵々《かか》と笑うヨルダ様には、なんというか、人を惹きつける雰囲気があった。

豪快だけれど粗野ではなく、上品ではないけれど下卑たところは一切ない。

ライゼー様もこういう人材は手放したくないだろーなー……引き抜いたのは大英断だったのだろう。

さて、ライゼー様達の帰還祝いも兼ねているのか、夕食は先日よりも豪華だった。

特に鹿肉のローストは絶品であり、今夜はヨルダ様の好みとゆーことで、特別に醤油を使った味付けがなされていた。ルークさんもこれには大興奮である。

食事中はあまり喋らないのがマナーということで静かにいただいたが、どうやらあまりに眼がキラキラキラキラキラッキラッしていたらしく、メイドのサーシャさんがそっとおかわりを出してくれた。ちょーおいしかった。

コピーキャットの能力で「知っている味」なら再現可能とはいえ、こうして新たな味に触れられる喜び、またきちんとした食事が出てくるという嬉しさに、改めて感謝するばかりである。

そして食後。

ヨルダ様も交えて、しばしご歓談《かんだん》の時間となった。

まずはライゼー様が、姿勢を正してテーブルに向き直る。

「トリウ伯爵領での諸々の商談は、万事滞《ばんじとどこお》りなかったが……改めて、このリーデルハイン子爵領の『特産品の弱さ』を思い知った。伯爵領には陶芸の町ガレコや、織物の町ルダイなど、専門性の高い商材を職人達に切磋琢磨《せっさたくま》させる環境が整備されている。さすがにあちらと比べてどうこうとまでは言いにくいが……我が領地でも、何か特色のある輸出品を作り出したい。リルフィの香水と魔法水は高級品だし、生産量も需要も限られるから、ここはやはり領民達にも生産可能で、隊商を組んで王都あたりに運べる農産品や加工品を検討したいところだが……」

トマト様の出番である!!

「ライゼー様、それでしたらぜひ、先日のトマト様を候補にいれていただけないでしょうか。もちろん安全性を確認してからになりますが、あれは栽培も容易で収穫量も多く、また加工にも適した素晴らしい食材です!」

俺が何故、こうもトマト様を推すのか。

もちろん餓えから救ってもらった恩義もあるのだが、トマト様が普及してくれると、料理のバリエーションが一気に広がるのだ。

ケチャップ、ミートソース、トマト系の煮込み料理にはじまり、オムライスやドリア、ブイヤベース、トマトリゾットにミネストローネ……とかく「風味の濃さ」という点において、トマト様は他のお野菜とは一線を画す。具材に留まらず「調味料」としても活用できる個性の強いお野菜なのである。

こちらの世界でそれらが民間に普及すれば、新たな料理すら生まれるかもしれない。

そもそもの植生が違うため、晩御飯にも俺の知らないお野菜がいくつか出てきたが、それらとトマト様を組み合わせた際の可能性にも計り知れないものがある。リコピン万歳。

………これまでの言動で概ねお察しいただけたと思う。ルークさん、そもそも割と食いしん坊である。

前世では酒、女、煙草、ギャンブル、いずれともあまり縁がなかったが、その分、食費は割と凄かった。


酒→付き合いで少し。私生活では酒を買う金があったら食材を買う。

女→モテない。むなしい。

煙草→味覚が鈍るのは論外。

ギャンブル→賞味期限切れの食材であたる（食中毒）かどーかのギャンブルなら少しやった。あと競馬はお付き合いで少し。


……という塩梅で、そんな俺に与えられた『コピーキャット』の能力は、まさに猫に鰹節《かつおぶし》であった。

超越者さん、この点に関しては本当に良い仕事をしてくれた。事前に説明があったらもっと良かった。

一方、ライゼー子爵は思案顔である。

「実はな、ルーク。使用人達からも、それを勧められたんだ。私が屋敷を留守にしていた間、少量ずつではあるが、毒味をかねて試してくれたらしい。評価は上々、ぜひ活用すべきだと——しかしあの野菜に関して、我々は完全に素人だ。栽培にしろ調理にしろ、君の意見に頼るしかない。手間をかけてしまうが……技術指導を頼めるかね？」

「喜んで！」

ひゃっほう！

はしゃぐ俺の隣でヨルダ様が首を傾げた。

「トマト様ねぇ……レッドバルーンの変異種のようだが、なんでそんな植物が、ここの畑に急にできたんだろうな。しかも結構な量を収穫できたんだろう？　新しい実もつけているのか？」

「そのようだ。熟している実はもう残り少ないだろうが、新たに緑色の小さな実が次々とついているらしい」

ほう？

つまり俺の「コピーキャット」は、「レッドバルーンの実」を「トマト様の実」に変えたというより、「レッドバルーンの木」そのものを「トマト様の木」に変えてしまったのか……

もちろん、トマトの木……というか、茎とか根とかは食べたことがないわけだが、遺伝子的にはつながった存在であろうし、「トマトの実」を解析済なら、「トマトの木」も解析したことになるのかもしれない。

そもそも薪をブッシュ・ド・ノエルに変えるよーなチート能力であれば、その程度は余裕か？

となると、「胡椒の木」も容易に実現できる可能性が出てきた。気候風土の問題で、ここで育つかどうかはちょっと怪しいが……

あと、一部の果物は種から発芽させ実をつけるまでに数年かかったりするため、早期の量産のために「挿し木」というワザを使うのだが、そうした手間すら省けるかもしれない。


やりすぎて他のお貴族様から目をつけられないように、注意する必要はあるが……しかしライゼー様にまで真実を隠しておくのは、ちょっと具合が悪そうだ。

もうクラリス様やリルフィ様にはバレちゃってるし、ライゼー様も気を使って問い詰めないだけで、薄々感づいている気がする。

だって俺に技術指導を依頼した時、「あえて事情は聞かないけど」って雰囲気がバリバリだった。

……これはやっぱり、きちんと話しておくべきだろう。

実はライゼー様ご帰還の前に、既にそう思って、リルフィ様とクラリス様にも相談しておいた。

お二人からは「ルーク（さん）の判断で」と丸投げしていただいた。

隠し事は時に誤解を生む。誤解を恐れるなら、大事な相手にはきちんと話をしておけ——これは亡くなった爺ちゃんの言葉である。

この時は言われた通り、「爺ちゃんから勝手に借りた釣り竿を折った」とバラしたら怒られた。りふじん。

「ライゼー様。実は、私の『魔法』について、折り入ってお話があります。私自身にもまだ知識が足りないため、ややこしいお話になってしまうのですが……」

「ふむ？　聞こう」

俺は慎重に、言葉を選ぶ。

「ありがとうございます。まず、これは信じていただけないと思い、ずっと黙っていたのですが……世界の垣根を越えた時、自分は『神様』と思われる存在とお会いしました」

ライゼー子爵がきょとんと瞬《まばた》きをした。

……まあ、猫がいきなり「神は実在した！」的なことを言い出したら、そりゃ正気を疑う。俺だって疑う。

しかしこの世界では、神様の実在自体は疑問視されていないっぽいから、珍しい例ではあっても有り得ない話ではない。もちろん発言者の信用度によって、「嘘か真か」という疑いは残る。

「その時にですね。慣れない環境で大変だろうと同情していただいたのか、いくつか特殊な力を賜っていたようなんです。先日の時点では、こちらの世界へ来たばかりだったため、自分の能力についてもまるで把握していなかったのですが……リルフィ様の『魔力鑑定』で、自分も初めてその存在を知りました。ただそれでも詳細が不明だったため、ここ数日、眠っている間にもう一度、神様と会ってきまして……詳しい話をうかがってきました」

ライゼー子爵、頭痛をこらえるようにこめかみを押さえてしまった。

「いや待て。ちょっと待ってくれ、ルーク。『神様』というのは、そんな気軽にお会いできる存在なのか？」

「あー……いえ、ちょっと省略しすぎました。厳密には、神様の一人というか、窓口業務を担当されている方です」

「窓口業務」

「あと、人間にとっての神様ではなく、猫の姿をした猫の神様です」

「猫の神様」

「交代勤務制らしいので、次に行ったら別の方がいるかもしれませんが……」

「交代勤務制」

気になった単語を繰り返すだけになってしまわれたが、ルークさん嘘は言ってない。文句は超越者さん側にお願いしたい。


「……よくわからんが……ええと、つまり、ルーク。君の正体は『神の使徒』だということか？」

「断じて違います。そういう誤解を受けたくないから黙っていたとゆー面もありますが、たとえば『王様に会ったことがある』からといって、即『王様の家来』にはならないですよね？　それに使徒なら神様の命令を受けて動くものだと思いますが、私が言われたのは『楽しい猫ライフを！』くらいなもので、基本放置です」

俺を抱きかかえたクラリス様が、ぽつりと耳元で囁いた。

「……あのね、ルーク……それ、『自分は神様に仕える者ではない』、だけど『親切にしてもらった』――つまり『神様の友達だ』って言っているのと、ほぼおんなじ意味だからね……？」

………………………………くらりすさまかしこい。

実情はもうちょっとお役所仕事的というかアレな対応だったが、しかし単純化した話を聞かされた側は、そう受け取っても仕方ない。

「そ、そういうのとはまた違いますから！　ええと、あの……そう！　実験動物！　私がこの世界で能力をどう使うかとか、人々がどう反応するかとか、そういうのを見たいのかもしれません！」

自分で自分を実験動物扱いするのはとても抵抗があるのだが、しかしライゼー様の誤解を解くためには致し方ない。

ここでヨルダ様が助け舟をだしてくれた。

「で、その神様から授かった能力というのが、例のトマト様と関係あるわけか」

「は、はい。あの、いただいた能力というのは、私が前の世界で食べていたもの……植物とかお菓子とか料理とかですね。それらを、こちらの世界でも再現できるとゆーものでした」

ライゼー子爵が眼を剥いた。

「いくつか条件があり、見た目が近かったり、素材に共通点があったり、名前の由来に関わりがあったり、そういうつながりのある素材が最初に必要なので、無制限というわけにはいかないんですが……件のトマト様は、私がレッドバルーンの実をトマト様と見間違えたせいで、変化してしまったようなんです。元々、近縁の種だったため、変化が容易だったのかもしれません」

ヨルダ様の眉間《みけん》にもシワが寄った。

「…………なあ、ルーク殿。こんなことを言って、気を悪くしないでほしいんだが……世間一般では、そうした奇跡の力を『神の御業《みわざ》』というんだぜ」

……知ってる。

だがしかし、断じて俺は神などではない。ただの猫である。

こういうタイミングで「新世界の神になる！」みたいなことを言える強メンタルの人ってすごいよね……ルークさんにはぜったい無理だわ……

「神様からもらった力ではありますが、私はただの猫です……とりあえず、『餓えないように』という目的の能力だと思われるので、あまり乱用する気はないのですが、論より証拠ということで……実例をお見せします。素材として、何かないですかね？　食べられるものがいいです」

そのほうが連想しやすい。

たとえばお皿とか渡されても「これと似た食べ物……？」と悩んでしまうし、たぶん皿のほうが高価だからもったいない。変化させた元の物質はなくなってしまうのだ。

薪は……ここにはないし、四十近いおじさま方にブッシュ・ド・ノエルは重いだろう。

あとぶっちゃけ、「庭の土からチョコレート」とかも作れそうなのだが、目の前で変化したそれを「食え」と言われてもなかなか抵抗があるだろうし、やはり最初にお見せするのは食材から変化したものが無難と思われる。

「サーシャ、台所に行って、調理前の適当な食材を……そうだな、一籠程度、見繕って持ってきてくれ」

「あ、ついでに空のお皿もお願いします！　食器は出せないので」

「はい。承りました」

ライゼー様の指示と俺の要望を受けて、サーシャさんはいそいそと食堂を出ていった。

17　コピーキャットの真価

戻ってきたサーシャさん。

手元の籠には、俺の知っているお野菜もあれば、知らないお野菜もある。

たとえば、大根みたいにでっかい人参。普通サイズの人参もあるのだが、それの派生種らしい。

食味も人参に近いのだが、薄味でちょっと水っぽく、人参とは区別して「オレンジラディクス」なんて名前で呼ばれている。

名称を聞いてから改めて味わうと、根っこ系の作物なのにオレンジっぽい柑橘の風味もあるような気がしてくる。すりおろすとほのかな甘味もあり、なかなかおいしい。

このラディクスシリーズ、他にもいろいろあるようで、辛味の強いレッドラディクス、大根と見分けがつきにくいホワイトラディクス、炭のように黒くあまりおいしくないが、薬効のあるブラックラディクスなど、色とりどりだ。

子爵様の畑では栽培していないが、彩りの鮮やかなピンクラディクス、ごく一部の地方でしか育たず、甘くて高価なスイートラディクス、なんてのもあるそうな。

さて、眼の前にあるのは一般的なオレンジラディクス。

これをどうするか。

ルークさん考えた。

まずはオレンジラディクスを手に取る。手に……手に……

ちょっとでかすぎて手こずっていたら、ヨルダ様が横からお皿に載せてくれた。意外に気が利く！

「それでは、こちらのオレンジラディクスを……変化させてみます」

念じて発動、コピーキャット！

オレンジラディクスは――「梨のレアチーズタルト」に変化した！

……………………いや、共通点はあんまりない。さすがにそのままは無理である。

ライゼー様達の眼には「なんかぐにぐに動いた」くらいにしか見えなかっただろうが、俺の脳内では「オレンジラディクス↓オレンジ↓梨↓梨のレアチーズタルト」という変換が行われていた。

オレンジの時点でやめなかったのは、オレンジはこの世界にもあるっぽかったから、インパクト薄いかな、って……

「これは……焼き菓子……か？」

「……新作」

クラリス様がぽつりとお呟きになられたが、聞かなかったことにしよう。「既に複数のスイーツを試食済み」とか子爵様にバレたら怒られる。

お皿の上に現れた梨のレアチーズタルトはホールである。レアチーズの白い光沢が美しい。タルト部分も見るからに香ばしく、しっとりなのにさっくさくである。

これを皆様に切り分けていただく。

「サーシャさんも、もしよろしければご一緒にいかがですか。ぜひ感想をうかがいたいです！」

「えっ……よ、よろしいのですか……？」

主の子爵様と父親の騎士団長、双方が頷くのを待って、サーシャさんにも食べていただくことになった。

スイーツに女子はよく似合う。武闘派メイドのサーシャさんには、これからも積極的に取り入っていきたい！　主に我が身の安全のために。


さて、この「梨のレアチーズタルト」。

実はケーキ屋で食った品とかではない。

あれは高校時代のこと――

地元の農家の友人が、台風の直前に、まだ熟し切っていない梨を収穫する羽目になった。

しかしどうにも甘味が足りず、そのままでは売りにくい。ブランドイメージにも傷がついてしまう。

そこで皆で考えた結果、梨のスイーツを製作して通販で売ることになった。

製作には先輩が修行していたケーキ屋の師匠の協力も仰ぎ、そちらの通販システムも使わせていただいて、「訳あり梨のレアチーズタルト」としてSNSで拡散、幸いにもそこそこさばくことができた。

俺が手伝ったのは梨の皮むきとシロップに漬ける工程くらいだが、思い出の味である。というか、試食のおかげでかなり堪能させていただいた。


食後のデザートとして皆様の前に一皿ずつ並び、サーシャさんも席についた。

「……………よし。いただこう」

子爵様が、意を決してフォークを差し込む。

食事中はあまり喋らないのがマナーとはいえ、お茶会などの時は普通に喋る。密談のための茶会もあるだろーし、そりゃそーだ。

というわけで、以下は皆様の反応である。

「これは……！　甘い、チーズなのか……？　優しく濃厚な……その上で、この爽やかな後味は……！」

「お、うまいな、こいつは！　おい、サーシャ！　後で作り方教えてもらえ！」

「は、ふわ……え、なにこれ……えっ。甘い……えっ。おいしい……うわ、なにこれ……？」

「リル姉様、おいしいね」

「……そ、そうですね！　おいしい……です。ほ、本当に……」

クラリス様は平然と。リルフィ様はぼろを出さないようにちょっと緊張気味に。このあたりは役者の違いであろうか。リルフィ様、たぶん演技とかすごい苦手そう……

だがこのお二人もレアチーズ系は初めてのはずであり、フォークは止まらない。サーシャさんなんて素が出てる。

「上に載せている果物は『梨』と言いまして、こちらの世界にあるかどうかはわかりませんが、水気の多いシャリっとした香り高い秋の果実です。土台のタルトはこちらにもありますよね」

「ないぞ、こんなに甘い生地。生地だけで王都に繁盛店を開ける」

そうだ、砂糖ないんだった……

ヨルダ様のツッコミに頷きつつ、ライゼー子爵が唸った。

「生地も凄いが、問題は、中の、白い……このチーズのような何かだ。果物については異世界のものということで納得した。生地についても、味はさておき、似たようなものならこちらでも作れそうな気配がある。しかし、この……」

「お気づきの通りのチーズです。クリームチーズと生クリームを混ぜて、そこに甘味と、柑橘系の酸味を加えています」

「チーズなら、うちの牧場でも作れるはずだが……味と舌触りがまるで違うぞ？」

砂糖の強さよ……

あと洋酒とかゼラチンとか香料も少し使ってるはずだが、そのあたりは梨の皮剥き担当だった俺にはよくわからない。職人の技ではあったと思う。

「タルトの味はともかくとして、私の能力については、ご納得いただけたかと思いますが……」

「あ……す、すまん！　そうだったな。味のほうにすっかり気をとられた」

スイーツの魔力は子爵様にも通じる。憶えておこう。

「トマト様の件について、話を戻しましょう。レッドバルーンをトマト様に変えてしまったのは私のせいです。それによる危険は特にないはずですが、その……この能力の詳細については、ごく親しい関係者だけの秘密にしていただいたほうが、良いかとも思っています」

ヨルダ様が肩をすくめた。

「もちろん承知だ。むしろ俺や娘に話したのが軽率《けいそつ》なくらいだよ。ライゼー、異論はあるまい？　これが発覚したら……こちらのルーク殿を巡って、戦争が起きかねんぞ」

戦争て。

……いや、大袈裟ではあるまい。仮にコピーキャットをフル活用した場合、経済を牛耳れる可能性が出てくる。

これはクラリス様達にも内緒だが、ルークさん、前世では本当にいろんなスイーツを食べてきた。そしてスイーツの中には……「金箔」を使ったものがたまにある。

そう。

「鉄の棒」とか食ったことがなかったので再現できなかったが、「金箔」は特に問題なく……大量に……「固形」で……錬成できてしまった。

慌てて金時芋の芋けんぴに変化させて事なきを得たが、これがバレたらちょっと怖い。なにせ金は人を変えてしまう。

ライゼー子爵も重々しく頷いた。

「対外的には、秘密にするのは当然だろうな。しかしその力、使いようによっては……」


クラリス様が、膝の上の俺をぎゅっと抱え直した。

……おや？　なんか涼しい？　あれ？　急に気温下がった？

「……お父様。お伽噺《とぎばなし》の勉強から、やり直したほうがいい？」

「ん……ん？　クラリス？　急に何を……？」

ライゼー様も困惑顔――

クラリス様は淡々と。

静かな声で……とても静かな声で、それはもう穏やかに話し続ける。でも眼が笑ってねえ。

「神様の奇跡を利用しようとした人間は、お伽噺ではみんな破滅するの。お父様ならわかるでしょ？　今、お父様は運命の分かれ道にいる。ルークと仲良くなれるか、それとも嫌われて破滅するか……私の言いたいこと、わかるよね――？」

……ヒエッ。

これが九歳の幼女!?　うそだッ！　クラリス様ぜったい前世の記憶とかもってる系だ！

愛娘に気圧されたライゼー子爵、額にやや冷や汗が浮いた。

「え、ええと、つまり……？」

「ルークのことは、ルーク自身がやりたいように任せること。こっちからのお願い事は最小限。助言を求めたり相談するくらいはいいけれど……もしも能力を派手に使うよう強要したら、ルークはきっと、私達の前からいなくなっちゃう。だってそれは、『私達のため』にならないから。神様の力に頼ることを覚えちゃったら、人間なんてあっという間に道を踏み外すわ」

賢すぎて怖いですクラリス様……！

しかし、ここは乗っかっておくべきだろう。今後の怠惰な猫生活のために……！

「ひ、ひとまずトマト様については、私も普及してほしいと願っていますので、お手伝いに支障はありません。その他のことについてはクラリス様がご懸念の通り、影響が大きすぎないように、よく考える必要があると思います。私もまだ、この世界に関する知識が足りていませんし……自分自身の能力についてさえ、よくわかっていません」

……とは言いつつ、危険性についてはいくつか認識している。

ぶっちゃけこの『コピーキャット』……戦争時の兵糧《ひょうろう》確保とかにも、メチャクチャな威力を発揮するはずである。

遠征先でただの土や木や岩をガンガン食料に変えられるわけで、さすがに何万人分というわけにはいかないだろうが、数百人～数千人くらいの兵なら俺一人で普通に養えてしまう。

遠征、および籠城において、この有用性は計り知れない。

商人思考のライゼー子爵はともかく、軍隊関係の有力貴族とかに知られたらヤバい未来しか見えてこないわけで、やっぱりあまり目立つ真似はしないほうが良さそうだ。せいぜいお屋敷の皆様に日々のおやつを提供するぐらいにしておいて、世間へのスイーツ販売等は避けたほうが良かろう。

……が、それはそれとして、作物は今後もいくつか増やさせてもらう。俺自身の食生活充実のために！　あとクラリス様とリルフィ様へのスイーツ提供も、健康に影響しない範囲で。

かわいい女の子とのお茶会とか、前世で非モテだったルークさんにとっては憧れのお時間である。

それ以外の……たとえば遠征軍への帯同とか俺自身に関する研究とか、そういう話になってきたら、その時は逃げるとしよう。

ライゼー子爵、大きめに頷いた。

そもそも賢い御方である。なにせクラリス様のお父上だ。うーむ、この説得力……決して娘にビビったわけではない。父親の威厳は保てている。大丈夫ですライゼー様。震えが止まらないのは貴方だけではありません。幼女こわい。でも正直、頼りになる……

「……私からの干渉は最小限に控えよう。そもそもクラリスのペットだしな。任せる」

よし、日和《ひよ》った！　しかし正しい選択です。クラリス様に逆らってはいけない。ルークさんも心に刻んだ。

さて、ここまでほぼだんまりなのがリルフィ様。

一応、子爵様にいろいろと話す内容については、昼のうちに相談した。

隠しておいてもいずれバレるので、「それがいいでしょう……」とは同意してもらったが、ついでに一つ、子爵様に対して要望を出すようにと助言された。

そのお話もしなければならない。

「それとですね、ライゼー様。先だってクラリス様のご要望で、このお屋敷に『お風呂』を作りたいという話になったのですが……」

「……風呂？　いや、それは……温泉の湧く地を領地としているか、あるいは火属性に適性のある魔導師を家臣に抱えていない限り、少々どころでなく手間がかかるぞ。よほど高位の貴族か、王宮か、巡礼者が多く訪れる神殿などか……そうしたところでなければ、とても維持できんだろう」

やっぱり、水温や設備そのものの維持管理が大変っぽい。

「管理については私にできます。ええと……今、お見せした能力で、『水』を『お湯』に変えられるのです」

ライゼー様が一瞬呆けた。

「そ、そんなことまで……？　いや、それでも、水を日々、浴槽に汲み直す手間もかかるが……」

「汚れた水をきれいな水に変化させられますので、浴槽を掃除する時以外は、蒸発した分をたまに追加するだけで大丈夫です」

コピーキャットの能力は「大きさには融通が利く」とのことだったし、あるいは少しずつなら水も増やせるかもしれない。

あとの課題は浴槽の耐久性で、もしも水を入れっぱなしにする場合、やはり普通の木材では厳しい。廉価ならばレンガや石材を検討したいが、そうなると大掛かりだし……やっぱりしばらくは、無理を覚悟で木製の湯船を試作し、その使い勝手を試しながら次の方法を模索していくべきだろうか。

何も最初の一手で正解に辿り着く必要はない。

こういうのは試行錯誤、まずは安価な手段を試してからだ。

理想をいえば、船やボートの製作に使うような水に強い材木、及び防水処理の方法があるといいのだけれど……


ライゼー様が両手を挙げた。降参のポーズである。

「わかった、すべて任せる。で、こちらからは何が必要なのかな」

話が早いのはさすがが！

「リルフィ様の離れと隣接する形で、湯船をおくための小屋を建てていただきたいのです。周囲から見えないように考えて設計しますので、それを実現できる職人さんの手配をお願いできればと……」

「設計……できるのか？」

「もちろんリルフィ様のご指導を仰ぎます。が、特に豪勢な作りにするわけではありませんし、基本はただの小屋ですから」

これがリルフィ様からいただいた助言である。

設計を請け負ったのは、必要なのがいわゆる「普通のお風呂」ではなく、俺の能力を踏まえた特殊仕様にするためだ。

具体的には、湯船とつながった水に触れられる裏側に、「ルークさんがいつでも出入りできる待機場所」を作る。

ここがボイラーと浄水設備の機能を兼ねる。つまり装置は俺。

あと人間用の湯船は猫には深すぎるため、ルークさん専用のたらい型浴槽もここに置かれる。猫の風呂など覗かれても支障ないので、遠慮なく露天仕様にするつもりだ。

そんな感じで軽い打ち合わせは済ませたが、詳細はまだこれから、職人さんとも相談する必要がある。

「よし、町から職人を呼んでおこう。その……口止めなどは必要か？」

俺の存在についてか。

リルフィ様が控えめに呟く。

「そこは私が、対応します……ルークさんの手を煩《わずら》わせるほどのことではありませんし……」

「そうか。では、それも任せてしまおう」

まぁ、無難なところである。

俺もお風呂の建築関係なんて何もわからんし、リルフィ様のお言葉に甘え……あれ⁉　リルフィ様って超人見知りじゃなかった？　大丈夫？

……頭上からふと、クラリス様がくすりと笑う気配が伝わった。

……Ｏｈ……既に打ち合わせ済か……これでお風呂は、クラリス様の御意向《ごいこう》が最大限に反映されたものとなろう。実際に職人とやりとりをするのは、おそらくクラリス様である。リルフィ様の存在は、ライゼー子爵を納得させるためのデコイだ……

しかし「神様の奇跡に頼ったらダメ」とは言いつつ、クラリス様はちゃんと『節度』というものを弁えておられるのが素晴らしい。さすがは我が飼い主。ペットとして誇らしく思う。

……決して「言ってることとやってることが違うよーな……」などと指摘してはいけない。

ルークさんとの約束だ！

余録4　執事さんとお茶会

ライゼー様達に、トマト様の件をお話しした翌日。

俺はいろいろと考えた末、「スイーツを自在に出せる」ことについては、使用人の皆様にもお伝えすることにした。というか、使用人の皆様は充分に「親しい関係者」である。

理由はいくつかあるのだが……

「ルークさんはそもそも嘘をつくのが下手」

「一緒のお屋敷で暮らしていく上でバレない自信がない」

「詮索《せんさく》されるより先にバラしてしまったほうが気が楽」

「皆様にも日々のお礼として、たまにはおいしいスイーツを堪能していただきたい」

「でないとルークさんの罪悪感がすごい」

「てゆーか継続的に仲良くしていく上でスイーツ戦略は有効」


という……ちょっと情けない話なのだが、意外なことにライゼー様からはご賛同いただけた。

「リスクはあるが、メリットもある。秘密を守らせる方法の一つとして、『秘密を共有する』というのは悪くない手だ。詮索によって自ら発見した真実は、人に話したくなるものだが――あらかじめ教えられ、なおかつ『秘密にしてほしい』と頼まれれば、その秘密はある程度まで守られやすい。秘密の共有によって得られる帰属意識というものもあるし……いや、『屋敷の中では皆が知っている』という状況なら、もはや秘密ともいえないか。わざわざ外へ漏らす必然性も薄い上、能力の異常性からして、人に話したところで本人が嘘つき扱いされるだけという懸念もある」

……まあ、使ってる本人からして、「もうこれバグだろ」と思いながら使ってるからね、コピーキャット……

あとこれは、ライゼー様が家臣の皆様を信頼しているからこそ出る言葉なのだろう。

そもそも田舎の小さな子爵領だけに、変な野心とか向上心とかを持っている人が全然いない。そういう人はもっと大きな町へ行く。イノベーションも起きにくいので決して良いことばかりではないが、とりあえず俺の滞在場所としては都合が良い。

「……というかな。外部に対してはともかく、結局、屋敷の中で隠すのは無理だろう。風呂を作る予定まであるようだし、そもそも立って歩いて喋るルークを、ただの猫だと思っている者など、屋敷の中に誰一人としていない」

…………見た目はこんなに猫なのに。ぐぬぬ。

ということで、一週間（現地時間）の昏睡でご心配をおかけしたことへのお詫びも兼ねて、今日は使用人の皆様方を順番に訪ねることにした。

手土産はクッキーの詰め合わせ一袋。

入れ物となる麻の小袋は、リルフィ様から人数分をわけていただいた。香水の材料の仕分け用に、未使用の小袋をたくさんお持ちだったのである。

もちろんリルフィ様とクラリス様には真っ先に味見をお願いした。

「クッキー……確かにこれは、クッキーですが……」

俺がコピーキャットで錬成した大量のクッキーアソート山盛りざっくざくを前にして、リルフィ様は戸惑い顔であった。

「……あれ？　クッキーはこちらの世界にも普通にありますよね？」

要するに小麦粉と卵を練って固めて焼いたものである。砂糖がないとはいえ麦芽糖はあるわけで、多少は甘さ控えめになるだろうが、実現の難度はそう高くあるまい。俺の世界でもかなり歴史の古いお菓子だったはずである。

「クッキー……というのは、もっと、こう……雑？　なものです……これは……見たことがありません……」

　つまりはクオリティの差か。こればかりは仕方あるまい。

　クラリス様がつまみ食い用の皿から一枚を手に取り、顔の上にかざした。

「……クッキーに……宝石がついてる……？」

「あ、それはドライフルーツを小さく切ったものです」

　苺やリンゴ、パイナップル、キウイ、マンゴーなどを砂糖漬けにした粒である。苺とリンゴはこちらの世界にもあるようだが、他のはまだよくわからない。そもそもパイナップルとかは南のほうの果物だし。

　クラリス様はまだ不思議そうなお顔だ。

「……ドライフルーツ……って、こんなにきれいな色じゃなかったと思うけど」

「あー……色は、まぁ……すみません。そのあたりは、私もあまり詳しくないのです」

　前世ではおそらく、発色剤とか着色料とかいろいろ工夫していたのだろう。

　一方、リルフィ様も、ココア部分とバタークッキー部分が田の字になった四角いクッキーに唖然とされている。

「あの、これは……ネルク王国の国旗……ですよね？」

「え？　そうなんですか？　いえ、私のいたところでは、市松模様のアイスボックスクッキーといいまして、定番中の定番だったんですが……」

サクリとした軽めの歯ごたえ、なのにしっとりと甘く、バターとココアの風味も楽しい逸品である。器用な職人さんであれば、金太郎飴のよーに顔の模様を作ることも可能であり、いっそ猫顔のルークさんクッキーをいずれは作りたいという野心もあるのだが、それを自分で食うのはちょっと共食い感あるかもしれない。

それはそれとして、国旗の模様に似ているとゆーことは……

「あ！　ひょっとして、国旗を象《かたど》ったものを食べるのは不敬とか、そういう話ですか⁉」

「い、いえ、そのようなことは全然ないので大丈夫ですが……ただ、初めて見る形状だったもので……焼き菓子とは思えない、きれいな品ですね」

リルフィ様が、小さなお口で控えめにクッキーをかじる。

たちまちその頬がほのかに紅潮し、眼が見開かれた。

「……これは……ク、クッキーではないです……別のお菓子です……！」

聞けばこちらの世界のクッキーは、レシピによって焼き色が変化するものの、基本的には「茶色」か「薄めの茶色」っぽいものらしい。

あとの工夫といえば木の実や果物を混ぜる程度で、「子供のおやつ」というよりは、「お茶会のお菓子」、または「旅の間の携行食」という扱い。

……どうも、バターとかメレンゲとかクリームとかを効果的に使うレシピが、あんまり普及していないっぽい。

材料を揃え、それを加工するだけでもけっこうな手間だろうし……たぶん民間レベルでは日々の生活に忙しく、失敗覚悟でいちいち試行錯誤する余裕などはあまりないのだろう。

もちろんこれはネルク王国内の話であり、他国ではまた事情が違う可能性もあるが、少なくともリルフィ様達にとって、このクッキーはとても珍しいものであった。


つまみ食いはそこそこに、使用人さん達の人数分、クッキーの小袋を用意して……さぁ、出発！

これはご心配のお詫びだけでなく、これからペットとして飼われる上でのご挨拶も兼ねている。

まずはメイドさん達、庭師さん、料理人ご夫妻――警護の兵士さん達は交代制だし、屋敷ではなく兵舎のほうにいるので、今回はやめておこう。あとたぶん、クッキーより酒とかおつまみ系のほうが喜ばれる。

メイドさん達はやはり甘いものに眼がなかったようで、クッキーもたいへん喜んでもらえた。

「すごいおいしい……！　これって、ルーク様が作ったんですか？」

「前の世界で食べていたお菓子を、魔法で再現したものです。お近づきの印にと！」

そんな感じでメイドさん達を買収……ご挨拶を済ませた。

昨夜、梨のレアチーズタルトを食べたばかりのサーシャさんは素知らぬ顔である。「このクッキーよりすごいものを食べた」などと、先輩メイド達に言えるわけがない。

ついでに、今後も休憩の時などに摘《つま》めるよう、こうした甘味をたまにご提供させていただくことになった。

……ククク……トマト様を使ったスイーツ開発を視野にいれた、市場調査の一環とも知らずに……！（悪い顔）

そしてその開発の共犯者となる（予定の）料理人ご夫妻は、やはり職業柄、作り方にもたいへん興味をもっておられた。

可能な範囲で手作りクッキーの材料やコツなどをお伝えしたので、じきにリーデルハイン家謹製、こちらの材料のみで作られた特製クッキーが味わえる日が来るかもしれない。

きっとそれは俺がまだ知らない味であり、今からとても楽しみである！

なお、リーデルハイン家は牧場も所有しているため、鶏卵、牛乳などは手に入りやすい。この利点は生かすべきであろう。

さて、最後に訪れたのは、この屋敷の諸々を取り仕切る執事さんのお部屋。

お名前はノルドさんといい、お年は六十三歳。上品な白髪頭の優しげなお爺さんで、執事歴三十年のベテランだ。

ちなみにネルク王国において、「執事」というのは公的な資格であり、資格取得のためには王都にある「執事学校」を卒業する必要がある。

読み書き計算と一般常識に加え、法律知識、税務処理、礼儀作法、さらには国際関係や歴史、場合によっては兵法にまで精通する、領主補佐のエキスパートといっていい。

伯爵家などにはそうした執事が数人いて、筆頭執事が引退すると、その補佐役が次の筆頭執事に――といった慣例があるそうだが、子爵家には基本一人しかおらず、もちろん高給取りである。商家などからの引き合いも多い上、能力をかわれて「町長」「村長」などを任される例も多いらしい。

「これはこれは、ルーク様。無事のお目覚め、なによりでございます」

と、ノルド執事は猫の俺に対しても、にこやかに、かつ丁重に接してくれた。

『じんぶつずかん』を見たところ、知力だけがBで、他は全てDかC。猫力は50。

なんとゆーか……目立たない、といっては申し訳ないが、いろいろと影が薄い印象のお爺ちゃんである。立ち居振る舞いから、自分の気配を意図して消しているような感じもあり、初めてお目にかかった時は隠密とか元暗殺者とかそっち系の人材かと疑ったほどだ。

そんな方なので、念のため、『じんぶつずかん』もちょっとだけ詳しく読ませていただいた。

………………特に何の裏もなく、いたって普通の執事さんであった。

疑って申し訳ないッ！

そんな流れで罪悪感を抱えたルークさん、より一層の媚びを売るべく、クッキーを渡すついでに執事さんをお茶にお誘いしてみた。

屋敷を預かる身の執事さんであるからして、もちろん新参の俺に対しては、ある程度の警戒心をお持ちである。当然だ。決して態度には出さないが、その警戒心はリーデルハイン家に対する忠誠心の証でもある。

つまり――この執事さんは、俺にとっても「信頼できるひと」であり、仲良くしておいて損はない。

「お茶会……でございますか？」

「はい！　クラリス様とリルフィ様もご一緒です。ちょっとしたお菓子も用意させていただきますので、ぜひ！」

「ほう、クラリス様達も……お誘い、ありがとうございます。では僭越《せんえつ》ながら、私も同席させていただきます」

執事のノルドさんはにっこりと微笑み、斜め三十度のお辞儀をした。


そしてお連れしたのはリルフィ様のおうち。

既にリルフィ様が食器を並べてくださっていた。

クラリス様もちょこんと椅子に座っている。まだ足が床に届かないため、台座つきである。

「クラリス様、リルフィ様、本日はお招きいただき、ありがとうございます」

「うん。ノルドとお茶なんて久しぶりね。いつも忙しそうだから」

「わ、私は……もしかして、初めてでしょうか……？」

執事さんがくすくすと笑った。おじいちゃん意外とチャーミングである。

「左様ですな。リルフィ様はそもそもお茶の習慣そのものがございませんでしたので、仕方ありません。それでもクラリス様の家庭教師をされるようになってから、おやつはご一緒されていたようですが」

「そう、ですね……本を読んだり調合をしていると、どうしても時間を忘れてしまって……」

テーブルに乗った俺は、熱々の紅茶をポットからカップへ注ぎつつ、お三方の会話にするりと潜り込む。

「ノルドさんは、リーデルハイン家にかなり長くお仕えされているそうですね？　もしやリルフィ様がお生まれになる前からとかですか？」

「いえいえ。私がこちらへ来たのは、あの酷い疫病の後です。私の父もリーデルハイン家の執事だったのですが……あの疫病で亡くなり、父からの手紙で後事を託されました。そして商家にいらしたライゼー様に、子爵家へ戻っていただけるよう説得に出向き、そのまま後任の執事として雇っていただいた次第です。こちらへ来る前は、別の伯爵領にて、筆頭執事の補佐をしておりました」

「ほう。ということは……ある意味、ライゼー様よりも古株ということに？」

『じんぶつずかん』で確認済みの事実ではあったが、あえて初めて知るような顔をする。

執事さんが微笑んだ。

「いいえ。ライゼー様はそもそも、こちらのお屋敷でお生まれになった上で、養子へ行かれたわけですから――もちろんライゼー様のほうが古株です。それからリルフィ様も、私が来た時にはもう六歳か、七歳か……そのくらいのお年でしたか？」

「は、はい……お母様やお父様が亡くなったことに混乱していて、あまりよく覚えていませんが

「……」

「……無理もありません。あれは本当に酷い疫病でした。『邪神の呪い』などという噂まで流れましたが、周辺一帯で、果たしてどれだけの人々が命を落としたのか……」

お話が暗くなる前に、俺は『コピーキャット』でスイーツを生成した。素材はもちろん薪である。

「ささ、お菓子の用意ができましたので、よろしければぜひ！　私が前にいた世界でお世話になっていた先輩が、お菓子職人をされていまして……こちらはその方の自信作なんです」

用意したお茶請けはさくさくのスティックフルーツパイ！

フォークで刺してもいいし、手づかみでも食べられる。ナイフで切り分けて上品に、というのも有りだ。

果実感を生かした甘さ控えめのこの逸品は、先輩のケーキ屋における主力級の人気商品である。

味は林檎、苺、ブルーベリーを軸に、夏限定の桃、秋限定の栗、梨&柚子、冬限定のみかん、バレンタイン商戦のチョコレートと多岐にわたる。

……夏限定（予定）のパイナップル味は、俺が転生した当時はまだ開発中だったため、残念ながら未食である。食べたかった……！

なお商品名が「フルーツパイ」であるため、「チョコレートはフルーツなのか？」という疑問が湧くところだが、先輩いわく、「カカオはフルーツ」とのことである。そうきたか。

いきなり全種出すと目移りしてしまう上に食べすぎ確定なので、今回は甘い「林檎」、甘酸っぱい

「苺」、酸味と香りのバランスが素晴らしい「梨&柚子」の三種に絞った。

たぶん、ノルドさんは梨&柚子がお気に召すと思う。俺もコレがいちばんすき。梨の甘みがとても爽やかで、柚子のほのかな苦味も良いアクセントになっている。つい昨日、「梨のレアチーズタルト」

なんて懐かしいモノを食べたから、流れでコレも思い出してしまったのだ。

ノルドさんは――

固まって、唖然とされていた。

「え……？　今……その菓子は……あの、どこから……？」

クラリス様やリルフィ様、ライゼー様達にはもうお見せした『コピーキャット』だが、屋敷の他の方々は詳細をまだ知らない。

メイドさん達に渡したクッキーも、リルフィ様のおうちで錬成したものを袋詰めにして渡したため、制作現場はお二人以外に見られていない。

ノルドさんにとっては衝撃の瞬間である。

「私の魔法は、ちょっと特殊でして……私が『以前にいた世界で食べていたもの』を、こうして再現できるとゆーものなのです。魔力を使うので無制限というわけではないのですが（たぶん嘘）、抵抗がなければぜひ召し上がってみてください！」

毒味も兼ねて、まずは一本。

俺は両手の肉球でスティックパイを掴み、さくさくさくとリスのよーにかじってみせた。

猫のしっぽほどの太さのパイ生地の中に、苺のコンポートがたっぷりと詰まっている。うまー。

クラリス様もさくさくさく。

リルフィ様もさくさくさく。

「あっ。これ、リンゴ？　すごくいい匂い――」

「こちらは……苺ですね。あんなに酸っぱい実が、こんなおいしくなるなんて……」

苺……こちらの世界にもあるにはあるが、品種改良はあんまり進んでなさそうである。

二人のお嬢様につられて、ノルドさんもスティックパイを手に取る。

「い、いただきます……」

動揺しつつも、覚悟は決めたらしい。


さっくりと口にした直後――

ノルドさんは眼を見開いたまま、しばし呆けた。

「……………ルーク様。貴方は……天上の、神々の世界からいらした、使徒様なのですか……？」


……………………………………………え？　違うよ？　いきなりどうしたの？

「この不可思議な……未知の味は……苦いはずなのに、その苦味が不快ではなく、むしろ鮮烈ですらある……そしてこの、神々の加護としか思えない、心が痺れるような芳醇な甘みと香り……ル、ルーク様……貴方は、貴方は一体……？」

……ノルドさん、意外と詩人であったらしい。トマト様輸出の際には、食レポの宣伝文をご依頼してみようか。

「え、ええと……まず、私はただの猫です。ノルドさんが召し上がったのは、『梨』と『柚子』という、二つの果物を使ったお菓子ですね。梨はこちらにはないようですが、シャリっとした水気の多い果物で、柚子というのは……オレンジに似た構造の、小さな実です。果肉は酸味が強くそのまま食べるには向かないのですが、非常に香りが良いため、その果汁は私の世界でもいろいろな料理に使われていました。お気に召していただけましたか？」

俺はにっこりと愛想を振りまいた。

ノルドさんは、かすかに震えながら――

「これは……神々が食する、天上の菓子と推察いたします。このようなものを、私のような一介の使用人に賜るなど、なんと恐れ多い……！」

…………違うよ？　いや、先輩の自信作だからそりゃおいしいし、あっちの世界には「お客様は神様」みたいな言い回しもあったけど、コレ自体はごく一般的な平民のおやつよ？

「そ、そんな大袈裟なものではないですから！　あと神様も関係ないですから！　普通に手作りできるお菓子です！　あの、材料が、ちょっとこちらの世界では手に入りにくいものもありますが……材料さえあれば、こっちでも作れるはずなので！」

わたわたと慌てる俺を見かねてか、クラリス様が楚々《そそ》と紅茶を飲みながら、極めて冷静な声を発した。

「ノルド。ルークの正体については詮索しないって、お父様が決めたの。お父様の決定はリーデルハイン家の方針。だから貴方も、そのつもりでね？」

おおう。貴族のお嬢様感ある……！　さすがはクラリス様、臣下に対する威厳はライゼー様譲りか。

執事さんも、はっとした様子で我に返った。

「……は……はい。そうでした。昨夜、旦那様からも、そう指示を受けておりました。あまりの驚きに、つい、お見苦しいところを……申し訳ございません」

「気持ちはわかるわ。私やリル姉様だって、初めてルークが出したお菓子を食べた時には……それはもう、びっくりしたもの」

そこそこでかいブッシュ・ド・ノエルさんが、あっという間に消失したあの事件か……

リルフィ様も、執事さんを気遣うように、うつむき加減で呟いた。

「ノルドさん……ルークさんが私達にお菓子を出してくれるのは、私達を『家族』だと思ってくれているからだと……私は、そう感じています……猫は、子猫や飼い主のために、虫などの餌をとってきてくれることがありますよね……？　それと同じで……食を共にすることは、家族として、親愛の情を育《はぐく》むことにつながるものと……ルークさん、そういうことですよね……？」

……………違うよ？　かわいい女の子とイチャイチャ楽しいティータイムを過ごせるチャンスを逃したくないだけよ？　ルークさん割と普通に俗物よ？

――が、そもそも俗物なので、こういう時は素直に乗っかってしまう。

「そうですね。自分の魔法で、皆様に少しでも喜んでいただけるなら、それが何より嬉しいです！」

昔の人は、こういう発言について「猫をかぶる」と表現した。うまいこと言ったもんである。

ノルドさんは頬を緩め、目に感動の涙を浮かべていた。ルークさん、ちょっとだけ罪悪感！

「なんともったいない……ルーク様、ありがとうございます。私も誠心誠意、おもてなしをさせていただきますので、今後は御用がありましたら、どうぞなんなりと――」

「いえいえ、こちらこそよろしくお願いします！」

こうして俺は、リーデルハイン家の皆様に受け入れていただき、「お菓子を配る猫さん」としての存在意義を確立したのであった。

18 猫と隊商の守護騎士

さて、執事さんと使用人さん達への買収……籠絡《ろうらく》……ご挨拶が済んだ次の日。

俺はもう一つの気になっていたことを、ヨルダ様に聞いてみることにした。

リーデルハイン邸の敷地内にも警護要員のための兵舎はあるが、騎士団のメインの宿舎、及びそれぞれの自宅は町にある。

ヨルダ様がお屋敷に出勤してきたタイミングで、俺はそっと彼の足元へ駆け寄った。

「ヨルダ様、おはようございます！」

「おう、ルーク殿か。おはよう。今日はクラリス様と一緒ではないんだな」

ヨルダ様、ライゼー子爵のことは「ライゼー」と呼び捨てにするくせに、クラリス様とリルフィ様にはちゃんと様をつけている。

ペットの俺にもわざわざ「殿」なんてつけるくらいだし、意外と丁寧な人なのかもしれない。

つまりは、ライゼー様が「特別」なのだろう。

あるいはライゼー様が子爵家を継いだ時、「お前だけは、今後も変わらず呼び捨てにしてくれ」とでも本人から頼まれたんじゃなかろうか。どうもそんな気がしてならない。

「ヨルダ様、今日はお忙しいのですか？」

「そうでもない。部下どもに稽古でもつけてやろうかと思ったんだが……」

ヨルダ様、ここでニヤリと笑った。

「悪巧みに巻き込む気か？」

「とんでもありません。ちょっとクラリス様やライゼー様には、お聞きしにくいことがありまして……」

それならリルフィ様に……とも思ったのだが、俺が「亜神」だと知っているリルフィ様にもちょっとバレたくない。

「いいだろう。俺も君に興味がある。話を聞いてやるから、俺の質問にも答えてくれるか？」

「もちろんです。答えられることであれば！」

ヨルダ様はこの世界に来て初めて出会った「武力A」の達人である。交誼を深めておいて損はない。

俺とヨルダ様は人目を避けて、敷地の外れのほうにある小川のほとりに座り込んだ。

ここは山から流れる川とつながった支流であり、清らかな水がさやさやと流れている。水深はごく浅く、一番深そうなところでもせいぜい大人の足首ぐらいまでだ。魚は小魚程度しかいないので、釣りにはちょっと向かない。

ヨルダ様は精悍な顔を水面に向けながら、ぽつりと呟いた。

「単刀直入に聞く。君、俺より強いだろう？」


いきなり何言ってんだこのおっさん。

こちとら体力武力Dだぞ？　ヨルダ様は文句なしのA、適性も剣、槍、弓と、まさに戦士の趣《おもむき》である。


何をどう勘違いしたのやら……

困惑し呆れつつ、俺は即座に否定した。

「いや、あの、ヨルダ様……私、猫ですよ？　力なんて子供以下ですし、まともに武器を持ったことすらないです。強いわけがないでしょう」

「もちろん『魔法を使えば』という話だ。俺も、多少は腕に覚えがある。向き合えば、相手の力量をある程度は推し量れるつもりだ。ルーク殿、君は……一種の『化け物』か、あるいは『神々』に近い存在だと感じた。ただ神様に会ったことがあるというだけでなく、もはや『その身内』なんじゃないのか？」

　ぎくり。

　この人、もしや鑑定眼でも持ってるんだろうか……じんぶつずかんにそんな記載はなかったが。

「……神獣か、使徒か、あるいは高名な魔導師が猫の姿にでも変えられたのか、事情まではわからん。が、どんなに抑えても、尋常じゃない圧力をビリビリと感じる。一昨日の夜、初めて会った時……正直に言って、俺は君が怖かったよ。あの場でもしも戦いになったら、絶対にライゼー達を守りきれんという確信があったからな」


　……にゃーん。


　こんなかわいい……かどうかはちょっと自信ないが、普通の猫を前にして、このおっさんは何を言っているのだろうか……

「うーーーーーーーーん……いえ、それはやっぱり、ヨルダ様の勘違いだと思いますけど……あの、先日お見せした魔法も、おいしいものを食べられるとゆーだけのものですし……？」

　ヨルダ様が眉をひそめた。あ。機嫌悪い。これ怒らせちゃった……？

「どう判断したものかな……まず、俺は君を敵に回したくない。それだけははっきりしている。その上で、君が実力を隠したいなら……まぁ、仕方がない。ただ、ライゼーの周辺を守る者として、その力の一端はせめて知っておきたい。どうだろう？　今から少し、魔法を使って見せてくれないか。たとえば……」

ヨルダ様が、近くに転がっていた石を拾った。

「今からこの石を遠くに投げる。それをめがけて……系統はなんでもいい、魔法を使ってみせて欲しい。得意なのは炎か？　水か？　それとも風系統か？」

……………………猫系統……かな？

ちょうどいい機会だ。超越者さんが言っていた「猫魔法」、ここで試してみるのもいいかもしれない。

「わ、わかりました。あの、失敗してもがっかりしないでくださいね……？　隠してるとかそーゆーんじゃなくて、こちらの世界に来たばかりで、本当に何もわかっていないだけなので……！」

むしろ練習したいので、一週間くらい後にしてくれるとありがたいのですが……

「よし。では投げるぞ？」

「あ！　ちょ、ちょっと待ってください！　カウントダウンお願いします！　10から！」

「わかった。10、9、8……」

猫魔法、猫魔法……ええと、猫の形になるようにイメージして――炎は、火事になったら怖いからダメ。雷……は、音がうるさかったらご迷惑になりそう。風だとどうなる？　石の軌道を変えるだけとか？　地味だ！　氷……無難ではあるが、氷の塊を投げても小石にあたる気がしない……

あ！　別に壊す必要はないのか！　「何か魔法を使え」っていうだけの話だし！　じゃあ、えーと……これだ！

「……2、1……投げるぞ！」

ヨルダ様が拳大の石を、斜め上方へ放り投げた。

俺は咄嗟に思いついた『猫』のイメージを付加した魔法を発動させる。


「猫魔法、ストーンキャット！」


――にゃーん、と、空から可愛らしい鳴き声が響いた。

ヨルダ様が放り投げた石が、空中でみるみるうちに形と大きさを変え、下へと落ちてくる。

くるくるくるりと回転し、どすっと着地したそのお姿は……

「い……岩でできた猫……だと……⁉」

ヨルダ様びっくり。

俺も一緒にびっくり。


いやアレ、「猫」と呼んでいいのかどうか……

とりあえず、大きさが熊並みである。ヨルダ様が投げたのはもちろん小石だから、明らかに巨大化している。

ただしシルエットは丸っこい猫そのもので、胴体に対し頭がでかい。つまり頭だけなら熊よりでか

い。怖い。

形状だけならファンシーな分、その大きさと重そうな岩の質感がとても怖い。

「にゃっ！」

その巨体で疾風の如く駆けてきたストーンキャットが、ヨルダ様めがけて前足を振り下ろした。

「くっ⁉」

腰の剣を抜き放ちつつ、辛うじてこれをかわすヨルダ様。

前足が空振りした先で、足元の土が地響きを伴い大きくえぐれる。

「こ、このっ！」

ヨルダ様の返した斬撃は、「がきん！」と簡単に弾かれた。

岩に剣は通じない。とゆーか、仮に切れたとしても全身が岩だからまともなダメージにならないのでは……？

「ふぎゃー！」

続いて岩石猫の右フック！

ヨルダ様の構えていた剣が、ぱきんと折れた！

「なっ……！」

呆然とするヨルダ様……わ、割と良さそうな剣だった……え。あれ、俺が弁償しないとダメなのでは⁉

「と、止まれっ！　元の石に戻れっ！」

ちょっと驚きすぎて、もっと早くに出すべきだった指示が遅れてしまった。

「にゃーん！」

なんだか楽しげな鳴き声を残して……

岩石猫は、元の拳程度の小さな石へと戻った。

後には静寂――

剣を折られたヨルダ様は、跳び退いた地点で硬直していた。

……やっぱあの剣、凄い高かったのでは…………？

土下座？　土下座でごまかせる？　ルークさん土下座得意よ？

「ヨ、ヨルダ様、あの……！」

「ルーク殿……」

ヨルダ様が膝をつき――俺に向かって、深々と頭を垂れた。

「……試すような真似をして申し訳ない！　俺が浅はかだった。よもや、よもやこれほどのものとは
……」

……折れた剣のことで動揺していたわけではなかった模様。

「……貴殿ほどの使い手がその気になれば、こんな田舎貴族の領地など、いかようにもできるはず
……それをしないという時点で、貴殿に害意がないことを察するべきだった。無礼を詫びる。どうか

……どうか、許していただけないだろうか」

声が真面目すぎて違和感しかない！　ヨルダ様ってもっと豪快系のキャラでは!?　立ち位置的に！

「い、いえ！　あの、こちらこそすみません！　あんなのが出てくるとはちょっと想定外で！　あの、普通にですね!?　石をかわいい猫に変えて、ちょっとだけじゃれつかせて、何も害がないことをアピールしようとしたんですが……！」

そう。

あの岩石猫さん、実はヨルダ様を『襲った』わけではなく、ただ『じゃれついた』だけなのである……。

それであの威力と迫力っておかしいだろ……。

「こ、こちらの世界での魔法の使い勝手に、まだ慣れていなくて、不安定なのです！　ですから、あの、その……剣、折ってしまってごめんなさいっ！」

ヨルダ様が、柄だけになってしまった自身の剣を改めて見つめた。

「剣……？　ああ……そうか。折れたな……いや、しかし……ルーク殿。この剣は、『パドゥール鉱』という鉱物でできている」

「は、はい……高価なものなんですか……？」

「いいや、値段はまぁ、さほど安くはないが高くもない。ただの消耗品だ」

よかった……『思い出の品』とか『親父の形見』とか言われたら本当にもうどうしようかと思った

……
「このパドゥール鉱でできた剣は特殊な魔力加工がされていて、強い衝撃を受けると、折れる前にしなって『曲がる』んだ。ぐにゃりと、それこそ針金のようにな。武器としては柔らかすぎて強度に欠けるが、軽くて加工しやすく、抜剣も早いから咄嗟の護身用として普及している。戦地に持っていけるような頑丈さはないが、つまり曲がりやすくて折れにくい。そんな剣を一撃で叩き折るなど……落星熊にもできぬ芸当だ。単に力が強いだけではなく、打撃に魔力を乗せていなければこうはならん……」

……時に一匹で騎士団を壊滅させるとゆー、まだ見ぬ落星熊《メテオベアー》さん……

今のストーンキャットは、それより強そうというお墨付きをいただいた。

バケモノじゃねーか。

ヨルダ様はその場に座り込み、自身の額を二度三度と叩いた。

「……俺はどうにも馬鹿でいかん……俺ごときが試していい相手ではなかったな。しかしルーク殿、この屋敷の警護役として、改めて問いたい。貴殿は何者だ？　何を目的としてここにきた？　これから何をしようとしている？」

懸念はわかる。

だから俺も正直に答えるしかない。

「異世界から来た、ただの猫としか言えません……立場も何も持ち合わせていませんし、目的も特には……強いていえば、『呑気に昼寝をしながら、なるべく楽に暮らしたい』とは思っていますが……今後については、とりあえずはトマト様を栽培して食生活の充実を図りつつ、お風呂を作ってゆったり過ごそうかと――」

――ヨルダ様、しばらくぽかんとした後で、急に吹き出した。

「そうか……いや、そうか、そうか、そういうことか。失礼した。そうだな。能力があるからといって、その力を十全に活かす必要は特にないわけだ。『賢人は足るを知る』と言うが……ルーク殿は、平穏無事を愛する者なのだな。納得した」

「それはそうです。なにせただの猫ですから」

俺はヨルダ様と顔を見合わせ、互いに笑いあった。

この人とは、なんか上手くやっていけそうな気がする――そんな実感を、いま俺は確かに得たのだった。

19 猫のお見舞い

「――さて、俺のほうの話は済んだ。ルーク殿の用件をうかがおうか」

そうだった。本題はこっち。ストーンキャットのインパクトにうっかり持っていかれるところであった。

「はい。実は、ライゼー子爵の奥方様、クラリス様の御母上について……療養中とうかがったのですが、一度、お会いしてみたいのです。ただ、ライゼー様はお忙しい方ですし、クラリス様には病が伝染《うつ》ると危険ですし……何より、案内を頼むと、その……期待をさせてしまっても、申し訳ないので……」

「ふむ？　期待？」

ヨルダ様が首を傾げた。ちょっと言葉が足りなかったか。

「たとえば、俺なら病気を治せるかも、みたいな？」

「ああ、なるほど……まさか、治せるのか？」

これが難しい問いである……

「たぶん無理、と申し上げておきます。でも、もしも奥方様の患っている病が、俺の世界にもあった病気と同じものなら……可能性は0ではないです。とはいえ、クラリス様を期待させてしまうほどの確率ではないので――」

「それで部外者の俺に声をかけたか。いい判断だ。しかし、リルフィ様ではだめだったのか？」

「リルフィ様は嘘のつけない方です。特にクラリス様に対しては……」

「ああ、うん。確かに演技はヘタだ」

身も蓋もねえ。せっかくボカしたのに。

「つまり、奥方の……ウェルテル様の療養場所に、ルーク殿を案内すればいいわけか」

「お願いできますか」

「造作もない」

ヨルダ様にはすっかり信用していただけたようだ。奥方はウェルテル様というお名前らしい。前世では「ウェルテル」って男性名だったよーな気がするけど、こっちではそーゆー括りじゃなさそう。

「ただ、治す手段を知りたいな。奥方様に危険があるようなら……」

「ですから、たぶん治せません。期待はしないでください。ただ……万が一ということもありますから、せめて確認したいのです。我が飼い主たるクラリス様のために」

ヨルダ様が立ち上がり、俺を腕に乗せてくれた。

「手段については愚問だったな。貴殿に害意があろうはずもない。この屋敷から町まで、徒歩で二十分。そこからウェルテル様のお住まいまでは、更に三十分といったところだ。クラリス様達に病をうつさぬようにと、ウェルテル様はご自身で隔離を望まれた。俺も場所は知っているが、おそらく会ってはくれないぞ。扉を開けてくれんのだ」

「どうやって生活をされているのです？」

「町の者やうちの使用人が、週に二、三度のペースで食料や生活用品、洗濯物などを届けている。その時も手渡しではなく、玄関先に置いておくという徹底ぶりだ」

「住み込みの使用人などはいないのですか？」

「いない。まぁ、元々……ウェルテル様は商家の御出身だから、家事は一通りこなせる。ライゼーが子爵位を継ぐ前に結婚した方だから、生まれも育ちも平民だ。裕福な商家の娘さんだったから、そこそこ金持ちではあったがね」

ふーむ……つまり、立ったり歩いたり、あと食事とかも一人でできているわけか。

思ったより悪い状態ではないのかもしれない。


さて、出かける前に、クラリス様とリルフィ様へご挨拶。

お二人はリルフィ様の研究室にて、製作予定のお風呂の見取り図を描いていらした。

「クラリス様、リルフィ様。ちょっとヨルダ様と一緒に、町でお昼を食べてきます。午後には戻りますので！」

「私も行く」

クラリス様が席を立とうとしたが、俺の背後でヨルダ様が苦笑を漏らした。

「いやぁ、子爵家の御令嬢をお連れするような場所では……馴染みの飯屋の話をしたところ、ルーク殿も興味があるとのことで。ただ、その……非常に『辛い』食い物なので……」

「行ってらっしゃい。気をつけてね」

クラリス様、すとんと椅子に座り直し、ふりふりと手を振った。

そーか……クラリス様、辛いのダメか……俺は割と平気なので、うっかり勧めないようにしよう。

リルフィ様も悲しそうなお顔をされている。

「私も、辛いものはちょっと苦手で……あと、町に出るのもあまり……」

わかる。この方はお外に出してはいけない。悪い虫が大量に寄ってくる。監禁せな。

「あれ？　でもたまに、冷蔵倉庫へ氷を作りに行かれるんですよね？」

「その時は、使用人の方々や……護衛の方もついてきてくれます……」

「リルフィ様ほどの優秀な魔導師は、誘拐の危険すらあるからな。さすがに領主の家族へ手を出す馬鹿は滅多にいないだろうが、あまり屋敷から出ないのは当然だ」

あー。やっぱり魔導師ってそこまで貴重なのか……

「そうでしたか。じゃあ代わりに、甘いもの置いていきますね」

手近な薪を手に取ってお皿へ載せ、ブッシュ・ド・ノエル→ティラミスへと変化させた。

ケーキ再現の初手として、薪→ブッシュ・ド・ノエルはあまりに鉄板すぎる。ソシャゲなら運営が気づいた時点で規制されそうな便利さ。

「わぁ……！」

「これは……また見たことのないお菓子が……！」

たちまち女子二人が眼を輝かせるのを横目に、俺とヨルダ様はすたこらさっさとその場を後にした。


のんびりと敷地を歩きながら、ヨルダ様が改めて呆れたように言う。

「……すごいな、あの力。一昨日は野菜を変化させていたが、薪も食い物に変えられるのか」

「元が薪だと、初見のライゼー様にはさすがに抵抗があるかと思いまして」

使っているうちにふと思ったことだが、アカシック接続を使用したコピーキャットって、『薪を変化させる』というより、『薪を生贄にしてケーキを召喚する』みたいな感覚かもしれない。

なんというか、ケーキの情報を再現する前に、薪の情報を『向こう』へ送っている気がするのだ。

こういうのを感じ取れるようになったのも使用回数を重ねてきたからだが、もし仮に『コピーキャット』も熟練度次第で進化していく能力だとしたら――いや、いま考えるよーなことではないか。

ただ、最初は不思議で不思議で仕方なかったこの力も、意外に「理屈が通っている」ような気がしてきてしまった。

最初の「植物の種」は、どこから生まれたのか。

「急にどうした」と言われそうだが、疑問に思ったことはないだろうか。

つまり「卵が先かニワトリが先か」というアレである。

生物学やら植物学的には「アミノ酸がー」とか「ミトコンドリアがー」とか、いろいろ難しい話がありそうだが、そもそも原始の「有機物」が「植物」と「動物」へ進化し、さらにそれが分化して様々な種類へ広がっていったという事実――『アカシックレコード』とやらには、たぶんそれらのデータが蓄積されている。

何が言いたいかというと、猫も、人も、トマト様も、砂糖も、ブッシュ・ド・ノエルも、薪も、恐竜も三葉虫もアノマロカリスも、「すべて」の元を辿ると、「地球へ落ちた隕石に付着していた、ただの有機物」とか、あるいは「深海から発生した何らかの化学合成生物」とか、そういう何かであった可能性が出てくる。

その場合、それらを相互に変換できたとしても、特に不思議は……というのはあまりに暴論なのだが、「アカシック接続」で、「元が一つの存在」から分化したデータを、「俺自身」を媒介にして抽出するというのは、なんだか理に適った仕組みのような気がしてしまうのだ。

さて、ヨルダ様に抱えられて歩くリーデルハイン邸の敷地は、改めて見ると広大だった。

特に柵などはなく、町との境界には自然の小川を利用しているらしい。

裏は山地であり、領主の館が町の外周部にある――というのは防衛的にどうなのかと一瞬思ったが、町側にも別に防壁などがあるわけではないため、まぁ防衛力的には変わらんのだろう。

むしろ常駐の警備兵がいる館を山側に配することで、山から迷い込んでくる獣を食い止めている、という見方もできる。


広々とした牧草地を抜けて、ごく短い橋を渡ると、その先には多くの民家が立ち並び始めた。

大通りはレンガで舗装されている。けっこう大きめな町だ。

山の斜面から見えなかったのが不思議だが、地形の起伏でちょうど隠れていたっぽい。リーデルハイン邸の敷地が広すぎるのも理由の一つではある。

「町までずいぶんと距離がありましたが……広い敷地ですねぇ」

「そうか？　気にしたこともなかったが……田舎の子爵家ともなれば、こんなものだろう。敷地内に畑や牧草地もあるし、例えば町が戦火で焼けた時には、この内側へ領民を一時的に住まわせる必要も出てくる。それから、他の領地から来る遠征軍や守備隊の一時の滞在場所としても、ある程度の広さの空き地が必要だ。活用する機会などほとんどないが、これらの確保は地方領主の義務として法で定まっている」

なるほど、そういう理由があってのことか。

「あとはまあ、盗賊対策もあるのかな。遮蔽物《しゃへいぶつ》のないこの広い敷地を突っ切れば、どうしたって目立つ。ルーク殿は山から降りてきてクラリス様に見つかったそうだが、山側から来る命知らずの侵入者などそうはいない。軍隊でさえ、落星熊《メテオベアー》に遭遇した時点で壊滅するのが関の山だ」

まだ見ぬ落星熊さんマジパネェ。遭遇したくはないけどちょっとだけ見てみたい。遠くから。あくまで安全圏から。できれば映像とかで。

やがて辿り着いた町は「活気がある！」というほど栄えてはいなかったが、要するに普通の町だった。

人口は定かでないが、商店は道沿いにそこそこあって、ちらほらと人も歩いている。

過疎化《かそか》した日本の地方都市よりは活力があるものの、喧騒とまではいえない、というところ。つまりは適度にのどかだ。

あと……「冒険者」とか「傭兵」っぽい人がまるでいない。すべて平民。疑う余地もなく完全に平民。

町であまり派手に喋るのはまずいと思い、俺はごく小声でヨルダ様に問いかけた。

「あの、冒険者とか魔物退治をする人とかのギルドとか……そういうのはないんですか？」

ヨルダ様が肩をすくめた。

「こんな田舎の子爵領には、さすがになぁ……伯爵領の領都になら、冒険者ギルドの支部もある。あとは近くにダンジョンでもない限り、ああいう連中は集まらんよ」

ここにはなくても、この世界にはあった！　しかもダンジョン!?　それで充分、胸躍る情報である。

「あるんですか！　いやー、楽しみです！」

「いや？　だからないぞ？　話聞いてたか？」

うっかり噛み合わない応答をしてしまった。

「あ、いえ、そうではなくて、『そういった機関がこの世界にもあるんだ』という意味です。この町にないのは理解しました」

「ああ、そういうことか。そういえばルーク殿は、こちらの常識に疎いんだったな……俺の父親も冒険者あがりだぞ？　隊商の警護なんかは、冒険者のいい働き口なんだ。そこで腕を見込まれて、商人の専属の護衛になるやつもいる。うちの親父はそうやって冒険者から足抜けして所帯を持って、ライゼーが養子に行った商家で雇われていた。あいつが子爵家を継ぐきっかけになった、例の疫病が流行った時に亡くなったがね」

なるほど……「足抜け」とまで言うからには、やはり冒険者というのは過酷というか、実入りの少ないお仕事っぽい。

「好きでやっている」というよりは「他の選択肢があまりない」人が、糊口《ここう》をしのぐ目的でやる感じなのかな。

そんな流れでこっそりと世間話をしながら、俺達一人と一匹は、クラリス様のお母様の住まいへ向かっていった。

余録5　猫の称号etc

ヨルダリウス・グラントリムは、自らの腕前にある程度は自信を持っている。

過信はしていないつもりだが、一対一ならば大抵の相手には勝てるとも思っている。

さすがに宮廷魔導師やら王宮の騎士団長やらは例外だが、そこらの盗賊風情が相手であれば多少の人数差はひっくり返せるし、実際にそうしてきた。

そんな彼が「絶対に敵わない」と一目で悟った相手は、幼少期以外では、今までに五人――否、三人と二匹しかいない。


一人目は、宮廷魔導師のルーシャン・ワーズワース。

王都で遠目に見かけただけで、話したことはないが、あれは化け物である。

二人目は妻のシエル。

戦いならともかく、精神的に絶対に勝てない。これは惚れた弱みである。

三人目は、名前はわからない。

旅の途中で出会った不思議な魔導師で――おそらくは「魔族」だったのではないかと疑っている。

四人目にして一匹目は、巨大な竜。

ヨルダは逃げるだけで精一杯だったが、この竜は三人目の「魔族」と思しき男によって、目の前で討伐された。世界は広いと思い知った。

そして、五人目——あるいは二匹目にあたる存在が、今。

ヨルダの腕に抱かれて、大あくびを漏らしている。


「……あ、そういえば、ヨルダ様の奥さんの織物工房って、町のどのあたりにあるんですか？」

「ここから西の……だいぶ端のほうだな。ただ、今はトリウ伯爵領の、ルダイって町に出向いている。往路は俺やライゼーと一緒だったんだが、向こうでの仕事が長引きそうで、まだこっちの町に戻っていないんだ」

ルークが手の甲で頬をこすり、眼を細めながらヨルダを見上げた。

「職人さんなんですよね？　出張とかあるんですか？」

「身内の手伝いだよ。うちの家内は昔、王都で織物の修行をしていたんだが、その頃の師匠の娘さんが、今はトリウ伯爵の領内で別の工房をやっていてな。で、人手が足りない時には声がかかる」

「そうでしたか……となると、ご挨拶できる機会は少し先になりそうですね」

「ああ。まぁ、急ぐような話でもない。どうせ夏頃には、クラリス様の採寸で屋敷に呼ばれるだろうしな」

春の祭りが近いこの季節は、服を新調する者が多いため特に忙しい。

ルークは身を丸め直し、優雅に脱力した。

こうしていると本当にただの猫である。

危険はないと既に納得しているから、ヨルダも平気な顔をしていられるが、しかし圧倒されんばかりの『何か』がある。

単純な威圧感、とは少し違う。また、魔力を感知しているわけでもない。魔導師でもないヨルダにそんな力はない。


その感覚の正体を、ヨルダ自身も掴みかねている。

戦士としての第六感、とでも格好をつけたいところだが、知識の抱負なリルフィに質問したところ、『称号の効果かもしれない』と指摘された。

魔光鏡の発明からまだ百年あまり。魔力鑑定の普及も同時期に始まったが、それをきっかけにして存在が証明された「称号」に関する研究は、いまだあまり進んでいない。それ以前における「称号」とは、不確かながら「そういうものがあるらしい」と噂される程度のものだった。

そしてほんの数十年前まで、「称号とは、神々から与えられるもの」という説が一般的だった。

しかし、各種の上位精霊からの「祝福」のように、神以外の存在から得られる称号も数多い。

様々な研究と推測の結果、現在では「称号とは、霊的な存在によってつけられた『目印』である」という解釈が主流となっている。

そしてこの目印に、何らかの「特殊能力」に類するものが付加されている可能性が高い――というのが、リルフィからの説明だった。

ただ、称号を持つ人間は極めて珍しい上、その種類が妙にバラエティ豊かなため、まともな研究がほとんど進んでいない。

ヨルダの持つ「隊商の守護騎士」にしても、ヨルダは自分以外に、この称号を持つ者を知らない。

上位精霊からの「祝福」は比較的多い例とされているが、それでも各国に数人いるかいないかであり、いまだ謎ばかりである。

これら称号は、本人の行動次第で失われることもある。

その場合には本人の弱体化が起きたという記録もあり、決して「単なる目印」というわけではないらしい。


「時にルーク殿、つかぬことを聞くが……貴殿は、いくつの称号を持っているんだ？」

——ヨルダは少しばかり、策を弄《ろう》した。「何か称号を持っているか」といった曖昧な聞き方を避け、ざっくばらんに「数」を尋ねた。

称号など、通常は一つも持っていないはずの代物である。

ルークは腹を掻きながら、事もなげに応じた。

「六つですね。前にいた世界で獲得したっぽい、あんまり意味なさそーなのもあります」

——正真正銘の化け物。もしくは「傑物」であった。

動揺を隠し、ヨルダは世間話のように続けて問う。

「六つとはすごいな。たとえば？」

「ええと……『トマト（様）の下僕』というのがあります。たぶん、飢えていた時に食べたトマト様のあまりの美味しさに感動して、忠誠を誓ったのがきっかけだと思います」

いろいろとわけがわからない。が、称号は称号である。

「……効果は……？」

「効果？　称号って、何か効果とかあるんですか？」

ルークはくりくりとした眼で、不思議そうにヨルダの顔を見上げた。

嘘をついている様子はない。

「俺もよく知らんが、称号ってのは、だいたい何らかの効果があるらしいんだ。各種精霊からの祝福だと、それぞれの属性魔法が強化されたりとかな。ちなみに、俺も『隊商の守護騎士』なんて分不相応な称号を持っているが……どうしてこんなものが得られたのか、どんな効果があるのか、さっぱりわからん」

「あー。リルフィ様も『わからないことが多い』とは言ってましたね。あと他に私の持っている称号は……『うどん打ち名人』というのがあります」

「うどん？　……え？　そいつはアレか？　ニホンとかいう国の、郷土料理の……」

ルークが突然、かっと眼を見開いた。

「ヨルダ様、うどんをご存知なんですか!?　あの、小麦粉をこねて作る麺料理なんですが！」

その勢いに驚きつつ、ヨルダは懐かしい記憶を思い出す。

「あ、あぁ。ガキの頃、俺に剣の手ほどきをしてくれた気のいいおっさんが、ニホン出身の冒険者でな。そのうどんってのも作ってくれたことがある。ショウユソースで食ったが、なかなかうまかった。王都あたりにいけば異国料理の店があるから、どっかで食えるかもしれんぞ」

　ルークが感動のためか震えだす。

「お、おお……おぉぉぉぉ……！　えっ？　でも……えっ？　あの、そのニホンって、リズール山脈の向こう側にあるっていう国ですか……？」

「もちろん。マルムストの隣で、竜神信仰の国だろ？」

「……あー……そっちでしたか……」

　目に見えて落胆した。感情の起伏がなかなか忙しい。

「そっちとは？　他にも心当たりがあるのか？」

「はぁ……異世界にある私の故郷も、ニホンという国だったもので……しかし『うどん』まであるとなると、こちらにあるニホンとゆー国は、私と同郷の人が作った国かもしれないです。たぶん猫ではないと思いますが……」

「ほう。そいつは興味深い……行ってみたいか？」

　ルークは短い腕で腕組みをして、しばし考え込んだ。

「……うーーーん……いえ、今は別に。まずトマト様の生産安定が先ですし、リーデルハイン家も良いところですし。いずれ機会があったら、調べてみますね」

　ヨルダは内心で安堵した。もし「すぐに行ってみる」などと決心されたら止めようがない。そんなことになったらクラリスにもリルフィにも恨まれる。

それからルークは、妙に遠い目をして、ほがらかな声を紡いだ。

「あとですね。あんまり、故郷を『懐かしい』とか思わないんです。向こうにはもう家族もいません し……こちらにいるクラリス様やリルフィ様のほうが、今はもう大事とゆーか。ついでに、こちらに あるニホンという国はなおさら無関係なわけですし」

「……そうか。それを聞いたら、二人も喜ぶだろう」

猫は家につく、と、よく言われる。

しかしどうやら、ルークは家よりも人に懐く性格らしい。

彼は元気よく肉球を掲げた。

「それに、こっちに来てはじめて魔法を使えるよーになったので！　特に食べ物を自在に出せるのは かなり楽しいです。ヨルダ様もケーキとかお好きでしたら、ぜひまたご一緒に！」

「お！　そいつはありがたいな。晩飯の後あたりに、ぜひ頼む」

ルークの喉元を撫でながら、ヨルダも呵々と笑った。

――しめっぽい話も小難しい話も、この奇妙な猫には似合わない。

彼には、幸福を運ぶ者に特有の、確固たる温かな存在感があった。

20 猫の薬もさじ加減

町の中。

クラリス様の母君の元へ向かう道中、俺を運ぶヨルダ様は、何故かやけに上機嫌だった。

すれ違う人々の幾人かが、そんなヨルダ様に声をかけてくる。

飲み友達、騎士団の部下、馴染みの商人、娘のサーシャさんのお友達……

皆、「その猫は？」と必ず聞いてきたが、俺は「にゃーん」で誤魔化し、ヨルダ様は「クラリス様のペットなんだが、妙に懐かれた」「とりあえず町を見物させている」と、こちらも適当に誤魔化した。

ヨルダ様の猫力（初期値）は54。

さっきこっそり『じんぶつずかん』で確認したら、この短期間で73まで上がっていた。わぉお。

それ娘さんの数値（70）より高いっスよ？


さて。

目当てのおうちは、町を通り過ぎて農地に差し掛かり、そこから脇道に逸れたえらく不便そうな場所に建っていた。

ごく普通の一軒家、平屋である。

ただし、道中で見てきた他の家よりも厳重な柵がきちんと張られており、庭先には井戸と家庭菜園もあった。

「このあたりは治安がいいから、女の、しかも病人の一人暮らしもできるが……他の領地では、『領主の妻がこんな生活を』などとは考えられん話だからな。ウェルテル様が特別なだけだ。いざとなればなかなかお強いし――」

「お強い？　もしかして、ウェルテル様って剣士とか魔導師なんですか？」

「ああ、魔導師のほうだ。属性は風で、気流を操り、自身の体や荷物を少し軽くしたり……また、風で飛ばせる程度の軽いものなら、手を使わずに動かしたりもできる。他にも矢の命中精度を上げる、敵を突風で押しとどめる、目潰しの霧で相手を覆う――そういった初歩的な風魔法を使えたはずだ」

なるほど。護身用には充分だろう。

「では、ヨルダ様はこちらでお待ちください。私はただの猫として、ちょっと迷い込んだふりをしてきます」

四足歩行モードで、俺はヨルダ様の腕から飛び降りた。

「便利だなぁ……密偵にもってこいだ」

「性格的には向いていないので、それはちょっと……」

死して屍拾う者なしの精神は、俺にはちょっと重すぎる！

「姿を一目見るだけなので、声などはかけません。すぐに戻ります」

「なんだ、本当に見るだけでいいのか？　なら、寝室の窓に小石でも投げるといい。何事かと外を覗かれるはずだ」

なるほど、そんな手が。

悪ガキのよーな手口だが、使わせていただくとしよう。

猫のふりをして庭へ入り込んだ俺は、まず寝室の窓を探した。そもそもさして大きな家ではない。

平屋だし、居間と台所っぽい場所は遠目にもすぐわかったので、消去法で寝室を特定した。

そしてちょうどいい小石が見当たらなかったので、落ちていた木の実を拾う。

どんぐり……ではないな。何の実だかよくわからないが、大きさは似たようなものだ。軽くて、振るとカラカラ音がする。

ひょいっと放り投げて、すぐさま四足歩行に戻る。

かつん、と窓ガラスが鳴った後、しばらくしてそこから、きれーな女の人が顔を出した。

「……あら？　猫ちゃん？」

「なーう」

俺は鳴いてみせる。

少しやつれているが、クラリス様とよく似たお顔立ちだ。この人がウェルテル様で間違いない。

「ふふっ……かわいいお客様ね。ゆっくりしていきなさい」

優しい声で呟いて、ウェルテル様はベッドに戻られた。

たったそれだけの接触を経て、俺は庭を出る。

そして、家の外に身をひそめていたヨルダ様と再び合流――

「……本当に早かったな。声は聞こえていたが……何か意味があったのか？」

「はぁ。今日は本当に、お顔を拝見しただけです。意外にお元気そうで安心しました」

ヨルダ様が頷いた。

「発作が起きていない時はな。たまに激しく咳き込み血を吐くこともある。厄介な病だよ」

「神聖魔法とかではどうにかならないんでしょうか？　回復とか……」

「難しい。神聖魔法による回復は、概ね人間が本来持つ治癒力を活性化させる術式なんだが……病にかかっている人間に使うと、病の元まで活性化してしまい、かえって重篤《じゅうとく》になる例が多い。単純な傷口を塞ぐには便利だが、リスクもある」

病原菌までヒャッハーしちゃうわけか……

猫魔法でなんとかできる可能性もあるが、ストーンキャットさんの想定外の威力に青ざめたばかりだし、クラリス様の大切な母君でいきなり人体実験をするのは、さすがにちょっと怖い。それは最後の手段であろう。

「十数年前に流行った疫病というのも、同じ病ですか？」

「いや、それとは別物だ。あの時の疫病は『ペトラ熱』といって、進行が早く、あっという間に高熱が出て死に至る病だった。ウェルテル様の病は『肺火症《はいかしょう》』といって、進行は比較的に緩やかなんだが、有効な薬がまるでない。昔からよくある病だが、療養によって治る者も稀にいる。まぁ……大半は助からん」

……うーむ。いよいよ、心当たりが……？

ということで、俺は『じんぶつずかん』を開いた。

この本はヨルダ様には見えない。実体もないから触れない。

ヨルダ様の腕に抱えられてお屋敷へ戻りながら……俺は内心でウェルテル様に謝りつつ、プライバシーの侵害を開始する。

■ウェルテル・リーデルハイン（36）人間・メス

体力F　武力F

知力B　魔力C

統率C　精神B

猫力68

■適性■

歌唱B　風属性C　家事C

やはり体力は最低ライン、ほぼ寝たきりだ。

そして問題はこの後。次以降のページ！

そこには、アカシックレコードから抜粋された彼女の「生い立ち」が長々と記されている。

生まれた実家の話、幼少期のイベント、ライゼー様との出会い、長男クロード様の誕生、長女クラリス様の誕生……

そして、もっとも重要な「現在の状況」。

そこにはこう記されていた。


『二年前の冬、【結核《けっかく》】に感染。発作を経て自らを隔離し、町外れに放置されていた実家の別邸へ移住。病の進行は止まらず、体調の悪化と発作に怯える日々を過ごす。』


…………ビンゴ。

ビンゴォォォォー!!

ルークさん、思わず笑ってしまった。

人様の病気に関して「笑う」など、後にも先にもこれっきりかもしれない。

アカシックなんとやらとつながる「じんぶつずかん」は、俺にわかる言葉で表記されている。

この世界で「肺火症」と呼ばれる病、その正体は、やはりというか案の定、「結核」だ！

ここでルークさんの過去について触れよう。

あれは中学生の頃。

クラスで結核の集団感染が起きた。

終わり。


………もうお気づきであろう。

俺は「結核になったことがある」。そしてその後の数ヶ月に渡って、「複数の抗生物質を飲み続け治療をした」！

その記憶は俺の体に残っており……すなわち、おそらくは「コピーキャット」で薬を再現できる。

『じんぶつずかん』を病気の特定に使えるかどうかは賭けであったし、それが俺の知らない病気だったらやはりどうしようもなかったが、運命はここで俺に好機を与えてくれた。

不気味に笑い出した俺を見下ろし、ヨルダ様が怪訝《けげん》な顔をする。

「……ど、どうした、ルーク殿？　なにやら邪悪だぞ？」

「失礼しました。でも邪悪ではないです。ええと……いま、魔法で解析したところ……ウェルテル様のご病気は、私の世界でもポピュラーなものでした。つまり偶然にも、よく効きそうな薬をご用意できます」

「何だって!?」

ヨルダ様、つい大声が！

人がいないところで良かった。

「では、やはり……治せるのか!?」

「まだわかりません。ただ、その薬というのが……最低でも六ヶ月間、毎日少しずつ飲み続ける必要があるのです。薬そのものは私の能力で用意できるのですが、飲み続けていただかないと効果がなく……また、途中で『治った』と思って薬を飲むのをやめてしまうと、かえって悪化する危険性もあります。確実に飲み続けていただくためには、どうすれば良いかと……かなり信頼のおける相手から受け取った薬でないと、飲んではいただけないでしょうし……」

見ず知らずの猫が持ってきた薬とか、さすがに怖すぎる……

これはちょっとした難題かと思ったが、ヨルダ様は事も無げに自身を指差した。

「それこそ俺とライゼーの出番だろう。『世話になった商家のツテで、肺火症によく効く貴重な魔法薬が手に入った』とでも言えばいいさ。それで問題あるか?」

「ないです!」

信頼できる味方は作っておくものである。

薬が効いているかどうかも『じんぶつずかん』で見ればいい。

効けば近日中に「薬が効いて快方に向かう」とでも表記が出るだろうし、効かなければその旨が表示されるだろう。その上、薬をちゃんと飲んでいるかどうかまで把握できる。

この『じんぶつずかん』、想像以上にかなり使える!

コピーキャットも便利だし、戦力としては猫魔法のほうが上なのだろうが、こと「情報力」において、この『じんぶつずかん』は一つの完成形かもしれない。

リアルタイムで病気の特定&病状の診断ができて、薬の効果まで判定できるとか、全国のお医者さん垂涎《すいぜん》の逸品である。


――少し先の話ではあるが、もう結果から書いてしまおう。

この日から、約半年後。

ウェルテル様の御病気は見事に快癒《かいゆ》し、皆の笑顔と共に、お屋敷へ戻られることとなる。

その頃にはまた、ルークさんは別件で忙しくなっていたりもするのだが……

まぁ、そのあたりの事情については、これからじっくりお話を進めていくとしよう。

余録6 猫の本懐

その日、ライゼー・リーデルハインは、呼び出した姪との話し合いを経て、いささか困惑していた。

姪のリルフィは、執務室の椅子に深く腰掛け、やや緊張した様子で俯《うつむ》いている。

一方のライゼーは机を挟んで向かい合い、気弱な姪を怯えさせぬようにと故意に視線を逸らしていた。

ライゼーから見たリルフィは、亡き兄夫婦の遺児である。

かつてライゼーは商家へ養子に出されたが、亡くなった兄との仲は決して悪くなく、時折は手紙のやりとりもあった。

兄としては、「自分が領主になった後に、商売のことで相談できる身内が欲しい」とも思っていたようで、つまりライゼーは家を追い出されたというよりは、外部から子爵家の力になることを期待されていた。


十年前の疫病の蔓延《まんえん》によって、ライゼー達を取り巻く状況は大きく変わってしまった。

本来であれば、リルフィも子爵家令嬢としての地位を約束されていたはずで、その点でライゼーは彼女に負い目を感じている。

――が、とうのリルフィはあまり気にしていないらしい。

むしろ魔導師としての研究の日々を満喫《まんきつ》しているようで、そこに今回、人ならぬ身の『弟子』が加わってしまった。

「……それでリルフィ。あのルークの、魔導師としての才はどうなんだ？　属性は？」

「……はい。魔導師としての才は……ええと、あの……私ごときでは、測りきれません……属性についても……おそらくは、四属性におさまるものではなく……私の知識では、分類さえ不可能です……」

リルフィは言葉に迷う素振りを見せつつ、辿々《たどたど》しい声で応じた。

ライゼーも溜め息まじりに頷くしかない。

「……そうだろうな。あの異世界の菓子や野菜を作り出す魔法は、確かに尋常なものではない。もう一つ……大事なことを確認しておきたい。彼の危険性についてだ。主観で構わないが……君はどう見ている？」

リルフィが、珍しくその瞳に強い光を宿した。

「ルークさんは……人に害をなす存在ではありません……むしろ、私達が道を違えない限り、影に日向《ひなた》にリーデルハイン家を守護してくださることと思います……」

「ふむ……いや、そこまで期待しているわけではないんだが──クラリスを守ってもらえるなら、それで充分にありがたい。あの子には……寂しい思いをさせてしまっているから」

肺火症で療養中の母親には会うことすら許されず、父親のライゼーは領内の統治や交易に忙しい。

田舎の僻地《へきち》であるこのリーデルハイン領には他の貴族もおらず、同年代の友人もほとんどいない。

面倒見の良かった長男のクロードも、今は領地を離れ、王都の士官学校で勉学の日々を送っている。

クラリスは泣き言一つ言わないが──その気丈な様子が、父親たるライゼーからは不憫《ふびん》に見えてしまう。

加えて、悪い知らせも届いている。

「……実は、ウェルテルの病状があまり良くないようなんだ。近い将来、最悪の事態も覚悟しなければならないだろう。不吉なことを言うようだが、その時には……君やルークにも、クラリスを支えてほしい」

リルフィは哀しげな顔で頷き、ライゼーの前を辞去した。

ライゼーの妻、ウェルテルは、その優しい人柄で皆から慕われていた。

リルフィも例外ではなく、両親を疫病で亡くした後、幼かった彼女もまた、ウェルテルによく懐いていた。

娘のクラリスばかりではなく――リルフィにも、まだ支えが必要かもしれない。

執務に戻ろうとした矢先、部屋の扉が豪快に叩かれた。

その直前に響いた足音の時点で、ライゼーは誰が来たのかを察する。

「ライゼー、ちょっといいか？」

「ああ、入れ」

ずかずかと踏み込んできた騎士団長、ヨルダリウス・グラントリムは、その腕にキジトラ柄の猫を抱えていた。

「なんだ、ルークも一緒か。たった二日でずいぶんと仲良くなったものだな。揃ってどうした？」

ヨルダはいつにも増して上機嫌だった。

「ルーク殿、貴殿から説明してくれ。俺は薬のことはよくわからんから」

「あ、はい。えーとですね、ライゼー様。奥方様が患っている、『肺火症』というご病気についてなのですが……」

ライゼーはぎくりとした。

ちょうど今、リルフィにもそれに関連した悪い話をしたばかりである。

ルークは太く短い前足で身振りをまじえ、明るい声を紡《つむ》いだ。

「もしかしたら、よく効く薬をご用意できるかもしれません！　あの病気は、私のいた世界でも広く知られていたものなのです。奥方様に同じ薬が効くかどうかは、実際に飲んでいただかないとわかりませんが――もし他に良い治療法がないのなら、ぜひお試しいただければと思いまして！」

ルークの肉球、そこに器用に摘《つま》まれていたのは、白く小さな粒だった。

石鹸《せっけん》の欠片《かけら》か、あるいは塩や小麦粉の塊か――否、そういったものとはまた違う。

加工品であることは間違いなさそうだが、おそろしく整った歪みのない形状であり、少なくともライゼーにとっては初めて見る品だった。

「……肺火症の……薬、だと？　その、白い粒がか……？」

「はい！　複数の種類がありまして、これらを半年ほど、毎日飲み続けていただければ、治る確率はそこそこ高いと思われます。『こうせいぶっしつ』って言うんですけど」

聞き取れない単語が出てきた。が、それはこの際、問題ではない。

「……治る……のか？　ウェルテルの病気が、治って……また、この屋敷に戻ってこられると……その可能性があるというのか？」

「確証はありません。しかし、試して見る価値はあるはずです。かくいう私も――以前にいた世界で同じ病にかかり、この薬によって回復いたしました！」

ライゼーは眉をひそめた。

「む……いや、猫の薬は、人の体には効かんのではないか……？」

ルークがぶんぶんと首を横に振る。

「いえ、むしろ『人の薬が猫にも効いた』という話だと思ってください。以前に私がいた世界では、実際に多くの患者の命を救った実績のあるお薬なのです。ライゼー様のお口添えがあれば、奥方様にもきっと飲んでいただけるでしょう」

ヨルダも身を乗り出した。

「ツテで手に入れた貴重な魔法薬ってことにすりゃいい。希望を持つのが怖いなら、『駄目で元々』とでも思っておけ。だが……試す価値は充分にあると思うぜ」


その勢いにやや気圧《けお》されつつも――ライゼーは、頷く前に一つの問いを発した。

「ルーク、申し出はありがたい。だが、その前に……君が、我が妻を『助けたい』と思った、その理由を聞きたい。妻に会ったことがあるのか？」

「いえ。魔法で病状を確認するために、一目お姿を拝見しただけです。ですが……つい先日、クラリス様が仰っていたんです。もしも母君のご病気が治ったら、私のことも紹介したいと――」

日頃は柔和で愛嬌のあるルークの猫目が、その時、いつもよりやや強い光を帯びた。

「主の望みに寄り添うは、ペットの本懐《ほんかい》――！　大恩あるクラリス様を、あんな寂しそうなお顔のままにはできません。ライゼー様、どうかご協力ください！」

もふもふの前足で自らの胸元をぽふんと叩く、その堂に入った仕草が妙に頼もしく――

ライゼーは自分でも気づかぬうちに、いつの間にか深く頷かされていた。

ウェルテル・リーデルハインには、心残りがいくつかある。

息子と娘の成長を見守りたい。
夫の領地経営を傍《そば》で支えたい。
少し気が早すぎるが、できれば孫の顔なども見たいし、姪のリルフィや友人達との交誼もより深めたい。
決して「何か大きなこと」をしたいわけではないが――このまま死ぬのは、怖いし、寂しい。
自らを隔離しての闘病生活は、思っていたよりは楽だったものの、思っていた以上に心が空虚になった。

寂しいという感覚を麻痺させねば、人恋しさに耐えられない――そんな思いも多少はある。

肺火症は不治の病と言われる。

初期の進行は緩やかで、長く咳と微熱は続いていたものの、ただの風邪だと思っていた。

血を吐いてはじめて診断がつき、屋敷での隔離では不十分と察して、空いていた実家所有の別宅へと移った。


この家はかつて、彼女の親族の終の住処だった。

家主が亡くなって放置されていた家に少しだけ手を入れてもらい、ここへ引っ越した時――

彼女はもう、生きてリーデルハイン邸には戻れないものと覚悟を決めていた。

ウェルテルの両親もまた、若くしてこの肺火症によって亡くなっている。家族に伝染するこの病の恐ろしさは、それなりにわかっているつもりだった。

それでも――娘のクラリスに、息子のクロードに、夫のライゼーに会いたい。

ベッドに横たわり、薄暗い天井を見つめ、彼女はひとすじの涙をこぼした。


――家族に、病を伝染《うつ》すわけにはいかない。

それだけは絶対に、絶対に避けなければいけない。

もしも神への祈りが届くとしたら、ウェルテルはまずそれを願う。

自分の命は、この家で、遠からず尽きるかもしれない。それでも、なお――

寝そべったままで、祈りを捧《ささ》げようとした矢先。

窓にコツンと、何かが当たった。

鳥が木の実でも落としたのかと、ウェルテルは半身を起こす。

寝てばかりでは関節が軋《きし》んでしまうため、たまには起き上がるようにとも言われている。

窓辺に寄ると、庭先に珍しい客がいた。

「……あら？　猫ちゃん？」

「なーう」

人懐っこそうな愛嬌のある顔立ちをした、やや大柄の太ったキジトラが、ウェルテルを見上げて甘えるように鳴いた。

思いがけない珍客に、思わず久々の笑みがこぼれる。

「ふふっ……かわいいお客様ね。ゆっくりしていきなさい」

特別に猫が好きというわけではないが、決して嫌いなわけでもない。

庭先へ出て撫でたい思いもあるが、猫に病が伝染らぬという保証もなく、触れるわけにはいかなかった。

窓を閉めて、ウェルテルは寝台へと戻る。

——久々に、声を出して喋った。

相手が猫だけに、ほとんど独り言のようなものではあったが、しかしきちんと言葉を発した。

たったそれだけのことで、さっきまであれほど鬱々《うつうつ》としていたウェルテルは、ほんの少しだけ活力が湧いたのを感じた。


もうすっかり見飽きた天井を見上げ、彼女は軽く咳き込む。

退屈をまぎらわす方法はいくつも試してきたが、本はもう読む気力がなく、遊技盤は一人では遊べず、手芸は集中しすぎるとかえって気分が悪くなる。

結局、できることといえば、ベッドに埋もれて、過去の思い出に浸る程度だった。


親族の経営する酒場で、歌手として歌っていた日々。

商家の養子に入っていたライゼーとそこで出会い、ちょっとしたロマンスを経て、やがて結婚に至った。

すぐに長男のクロードが生まれ——思えば、その頃が一番、無邪気に笑っていられた幸福な時代だったかもしれない。

その後、ペトラ熱の流行によってライゼーが子爵家を継ぐ羽目になり、ウェルテルもなし崩し的に子爵家夫人になった。

慣れない貴族の慣例に苦労するライゼーを支えながらの慌ただしい日々の中、長女のクラリスが生まれ――

そのクラリスが可愛い盛りに、自身の『肺火症』への感染が発覚した。

別れの抱擁《ほうよう》すら危険とあって、クラリスには秘密のままで隔離が進み、後から手紙を通じて事情を知らせた。

娘から返ってきた手紙は、快癒を祈る内容だったが――彼女がその文面に辿り着くまで、どれだけの寂しさと不安を押し殺したかは想像に難くない。

ウェルテルも不安を抱えている。

発熱で寝込む日が増え、体力の低下を日々実感し、いつ動けなくなるかと考えては、独りの寂しさに心が折れそうになる。

死にたくない。

生きたい。

生きて子供達の成長を見守り、あの家族の輪の中へ、再び帰りたい――

枕を抱え込み――

彼女は湧き出る涙を堪《こら》えきれず、ぎゅっと顔を押し付け、体を小刻みに震わせ続けた。

やがてウェルテルは眠りに落ち、短く奇妙な夢を見た。

目の前に、一匹のキジトラがいる。

猫なのに二本足で悠々と立ち、その顔は笑っているように見える。

嬉しそうに肉球を掲げ、彼は『人の言葉』でこう言った。

『ウェルテル様、もう少しだけ、お待ちください。すぐに良く効くお薬をお届けいたします！』

夢の中で力強くそう宣言する猫の姿が、可愛らしくも滑稽《こっけい》で――

ウェルテルはつい、夢の中で吹き出してしまったのだった。

《了》

あとがき

はじめまして、猫神信仰研究会、会員の渡瀬《わたせ》と申します。会長はいません。副会長もいません。

会員は自分一人なので、「それは研究会ではなくて個人では?」と最近気づいたのですが、十年くらい前からこの名前で携帯ゲームとか家庭用ゲームとかオフラインで色々遊んでいたもので、今更気づいても……という感じです。

いっそ「読者の方々を一方的に会員とみなしてはどうか」と、自分の中のドス黒い妄念《もうねん》がささやくのですが、そのたびに良心の呵責《かしゃく》を捨てきれないもう一人の自分が、「そういう詐欺まがいの勧誘はよくないよ」「それにそんなゆるい感じだと会費も徴収できないよ」と、白いんだか黒いんだかハチワレだかよくわからない正論をぶちかましてくるので、とりあえず(脳内で)シメておきました。本人も反省しているようなので堪忍してやってください。

さて、この『我輩は猫魔導師である!』は、『小説家になろう』様に連載の場をお借りし、猫様の布教という建前でひたすら趣味に走ったモノを書き散らした結果、辿り着いた先は何故か「トマト様の布教説話」だった、という――「何……この……何で?」と、作者本人もちょっと困惑しているお話です。

どこでズレたのかと読み返してみたところ、割と序盤でいきなり明確にズレていたので、「あ、確信犯だ」と他人事《ひとごと》のように理解したのですが、しかしトマト様の尊さは家庭菜園経験者ならば一様に認めるところであり、トマト派、ナス派、ピーマン派、きゅうり派などの様々な派閥が血みどろの抗争を繰り広げる仁義なき菜園業界において、まさに一株《ひとかぶ》抜きん出た存在感を……何の話でしたっけ？

……久々のあとがきで少々テンパりました。

脳内の寸劇や野菜間の抗争はさておき、こうして無事に会報（？）を発行できましたことはとても喜ばしく、応援いただいた読者様、ご協力いただいた一二三書房様と担当様、表紙・挿絵を描いていただいたハム先生に、この場を借りて厚く御礼を申し上げる次第です。リルフィ様すてき……

このお話は、猫、もしくはトマトを愛する方になら、きっとそこそこ気楽にストレスなく読んでいただけるものと思いますので、もしお気に召しましたら、今後ともぜひよろしくお願いいたします。

それではまた、お目にかかれる機会を祈りつつ――

2021年　夏　猫神信仰研究会

異世界領地改革
〜土魔法で始める公共事業〜
HOTEI SABUROU
布袋三郎
イラスト イシバシヨウスケ
転生した世界で授かったのは
累計
10000000
PV!
土魔法と無限の魔力
公共事業で
みんなを笑顔に！
©Saburou Hotei